KNIGHT'S PLEDGE

骑誓

刘世楚 著

江苏凤凰文艺出版社

图书在版编目（ＣＩＰ）数据

骑誓 / 刘世楚著. — 南京：江苏凤凰文艺出版社，
2021.1
ISBN 978-7-5594-5103-3

Ⅰ.①骑… Ⅱ.①刘… Ⅲ.①长篇小说－中国－当代
Ⅳ.①I247.5

中国版本图书馆 CIP 数据核字(2020)第 153698 号

骑誓

刘世楚 著

出 版 人　张在健
责任编辑　郝　鹏　曹　波
责任印制　刘　巍
出版发行　江苏凤凰文艺出版社
　　　　　南京市中央路 165 号，邮编，210009
网　　址　http://www.jswenyi.com
印　　刷　苏州彩易达包装制品有限公司
开　　本　880 毫米×1230 毫米　1/32
印　　张　3.375
字　　数　70 千字
版　　次　2021 年 1 月第 1 版
印　　次　2021 年 1 月第 1 次印刷
标准书号　ISBN 978-7-5594-5103-3
定　　价　28.00 元

江苏凤凰文艺版图书凡印刷、装订错误，可向出版社调换，联系电话 025-83280257

谨以此书献给亲爱的小强同学，
感谢他在黑暗中给我力量。
希望你也能在黑暗中找到光明，
度过那漫长的岁月。

目 录

(一) 和平年代 ………………………………… 001
(二) 访客 ……………………………………… 006
(三) 骑士的没落 ……………………………… 011
(四) 备战 ……………………………………… 016
(五) 黑暗骑士 ………………………………… 020
(六) 遥远的世界 ……………………………… 025
(七) 回乡 ……………………………………… 030
(八) 加冕典礼 ………………………………… 035
(九) 阴谋 ……………………………………… 040
(十) 生死对决 ………………………………… 044
(十一) 报应 …………………………………… 049
(十二) 节外生枝 ……………………………… 054
(十三) 一年之后 ……………………………… 059
(十四) 黑化 …………………………………… 064
(十五) 暗影骑士 ……………………………… 069

目 录

(十六) 暗战 ………………………………… 074

(十七) 暗杀 ………………………………… 078

(十八) 追杀 ………………………………… 082

(十九) 死而复生 …………………………… 087

(二十) 婚礼 ………………………………… 091

(二十一) 只身奋战 ………………………… 096

尾 声 ………………………………………… 100

（一） 和平年代

暮雪曾是一名骑士，他参加过第一纪元的战争，不过现在一切都已经过去了。他现在过着平静的生活，虽然自己的朋友都葬身在那场战争之中，但他却活了下来。有时候，他会觉得有负罪感，为什么别人都死了，而自己却活着。现在，是第二纪元，世界终于迎来了少有的和平。他走在白色圣城之中，街道上到处都是欢庆之后的残景。现在是清晨，人们都还在睡梦之中，只有他醒着。

城市的北边，是一片白色的风信子，在战争中葬生的人，全部都葬在那里。暮雪每天清晨都会去那里，纪念自己的朋友，还有曾经最爱的人。就在这个时候，从远处传来了马蹄的声音，一匹白马出现在北边地平线的方向。那匹白马越来越近，暮雪看见了那位骑士，那是一位身着白袍的女士，显得坚毅且冷峻。骑士来到暮雪的身边，问暮雪该怎样进城。暮雪看着那位骑士，她有着一头白发，在风中飘展。

"你到底在看什么？"那个女人冷漠地问暮雪，似乎是急着赶路，或是要去见什么重要的人，但暮雪只是看着她。他想起了很久以前

(一)和平年代

的一个女孩,因为暮雪是一名骑士,她义无反顾地跟随着暮雪,最后惨死在战场上。

"往北两百米,城门就在那边。"暮雪看着骑士离开的背影,让他想起那战火纷飞的年代,这让他无比痛苦。他看着骑士离开的背影,竟然产生了一种奇怪的错觉,似乎,她还在自己的身边。

暮雪骑着黑马,随着长官一声令下,他和所有的骑士朝着敌人的防线冲去。在他们的面前,是黑压压的步兵军团,如果是一个人,一定会被吓得魂飞魄散。敌军怒吼着朝着暮雪他们冲了过来,现场顿时一片混乱。暮雪和安娜一起冲进敌阵,他们拔出了长剑,和敌人厮杀在一起。暮雪一直留在离安娜不远的地方,但安娜还是被敌人刺中,从马上坠落。暮雪眼睁睁地看着她死在自己的面前。现在,暮雪每一天都会从梦中惊醒。

直到后来,暮雪才知道,那位白衣骑士是精灵的信使,名叫格雷尔。她是来通知国王,在遥远的东边,一股强大的势力正在崛起。他们已经向精灵发起了进攻,不出意外,他们的下一个目标就是白色圣城。格雷尔走进王宫,国王正坐在宝座之上,高傲地看着骑士。白色圣城是当下最强大的国家,国王根本就不害怕任何事情。格雷尔还是对国王尊敬地行礼,然后站起身和国王平静地讲述了精灵的遭遇。

"我希望得到人类国王的帮助。"虽然格雷尔那么说着,但是国王似乎并不打算帮忙,他不耐烦地让格雷尔离开。

"我知道了,我们会考虑的。"精灵就是这样,他们总是不会与人类交往。她垂头丧气地退了出去,黯然离开了这座城市。

骑誓

格雷尔悲伤地离开了这座城市,当她从城外经过的时候,暮雪一直站在那里,他们四目相对,暮雪的眼里尽是悲伤。格雷尔从马上下来,走到了暮雪的身边,在万花丛中,是一块块白色的墓碑。记得不久之前的那场战争,在最后关头,精灵为了保存实力,丢下了自己的人类盟友。那真是一场恶战,暮雪和他的骑兵,与敌人奋战了三天三夜,最终将敌人击败。那是非常强大的敌人,是来自东方的恶灵。

想必,国王一定对此记恨于心,人类总是这样满心仇恨。格雷尔站在他的身边,当暮雪转过头的时候,看见的是一双同样悲伤的眼睛。暮雪被那双眼睛打动,现在,城里的每个人都在庆祝,很少会有人意识到失去了什么,他们只看见了胜利。格雷尔对着暮雪点头微笑,然后骑着马离开了。那个背影是如此的绝美,且孤单,似乎预兆着什么。暮雪目送着她离开,直到她消失在遥远的地平线。

暮雪回到城里的时候,整座城市才刚刚苏醒,人们走到了街上,开始了一天平凡的生活。暮雪现在住在山坡的东边,那是一座小小的石屋,冬天的时候会非常寒冷。山坡上,只有暮雪一个人生活在那里,从山上直接能看见安娜的墓碑。他还记得他们在一起的时候,那时天空还没有被乌云笼罩。他们喜欢去山上打猎,安娜是一位优秀的弓箭手,总能打到大型的猎物,他们的生活总是衣食无忧。

现在,这间房子终于空了下来,只剩下了暮雪一个人。他坐在自己的床上,看着外面那无边的荒地,外面是那么的荒凉,只有星星点点枯黄的茅草。就在这个时候,他突然看见了什么,仿佛是一个梦境,但更像是一个幻觉,就像是电影画面一般。遥远的地方,已经

(一)和平年代

燃起了熊熊烈火,他依稀听见了尖叫的声音。整个精灵城市陷入了战火,所有的人四散逃去,到处都是一片废墟。

一位女士从火光中走出,周身散发着强烈的白色光线,她站在了敌军之前,被铺天盖地的敌人吞没。在一切结束之前,她回过头对着暮雪微微一笑,那就是格雷尔,那最后的希望也消失不见。他从黑暗中回到光明,房间里依旧如故,有些昏暗,有些冰冷,似乎刚才的一切都只是暮雪的臆想。但暮雪相信,那绝对不是什么巧合,有什么事情就要发生了。他冲出房间,冲出城市,希望能看见格雷尔,把事情给问清楚,但是,在他的面前只有无边的旷野。

夜幕降临,暮雪一个人坐在酒馆里,房间里灯光昏黄,有一股奇怪的味道,他坐在角落里,点了一大杯麦芽酒。酒馆里三三两两坐着几位酒客,他们都喝得醉醺醺的。就在此时,一个醉汉朝着暮雪走了过来。暮雪知道,那个人是来找碴的,以前,这样的事情也发生过,总是有人会来找麻烦。暮雪喝完最后一口酒,站起身准备离开,但那个男人还是拦住了暮雪的去路,他身材魁梧,看上去凶神恶煞。

"都是因为你,因为那该死的战争。"他也只是个可怜人,他的妻子也死在大逃亡的路上,也算是战争的牺牲品。

"我们都不希望发生那样的事情,但战争就是这样。"暮雪试着和那个男人讲道理,但是他却挥起拳头,朝着暮雪打了过来。

暮雪拔出了长剑,手举剑落,短短的一秒钟,那个人的右手就被暮雪斩断。看着那个男人痛苦地倒在地上,暮雪头也不回地离开了酒馆。这座城市的夜晚,总是特别的难熬,天空中繁星点点,暮雪已经很久没有看过那样的星空,甚至忘记了这里的夜景,有多么的美丽。他坐在窗前,在牛皮本上写着自己的小说,他想把过去的事情写成一本书,为了让别人记住,自己曾经的付出,还有失去的那些东西。

  这就是最开始的和平岁月,暮雪依旧过着平静的生活,日复一日,每天都思念着自己所爱的人,还有过去的秘密。没有人知道战场上是什么样的,如今的骑士已经为数不多,但他们却仍然坚守着自己的誓言。他们保护着这个国家,也守护着自己的承诺,当太阳升起的时候,暮雪走出房间,看着那火一般的朝阳。他知道,那一切并没有结束,而只是一切的开始,他想起了格雷尔,她现在是唯一的希望了。

（二） 访客

　　暮雪骑上自己的黑风坐骑，朝着遥远的东方出发。他要去见见那位格雷尔，谁也不知道会发生什么，他甚至不知道，精灵会不会欢迎自己。最坏的打算也许就是被拒之门外。精灵向来冷漠，不爱与人交往，他们已经习惯了独来独往。再说，他们的国家隐藏在茂密的森林深处，想要找到他们也算是件困难的事情。迎着风，他朝着世界尽头飞驰而去，那是片一眼望不到尽头的荒地。

　　在荒地的尽头，先是星星点点的灌木，那树木越来越紧密，最后连成了那茂盛的森林。那是一天之后的事情了，当暮雪来到森林边缘的时候，他感到了迷茫和恐惧。黑压压的树枝几乎遮住了明媚的阳光，上一次来这里，还是战争的初期。这里的名字叫作"黑暗森林"，人类很容易在这里迷失，只有精灵才是这里的主人。森林边一片死寂，只能偶尔听见乌鸦的叫声，那是个不祥之兆。

　　按理说，森林的边缘会有精灵守护，然而现在这里却空无一人，一定发生了什么重大的变故。一种不祥的感觉在暮雪的心中蔓延开来，就像是病毒一般，让他浑身瘫软。他缓缓进入森林，在初冬，

骑誓

这里没有了夏日的湿气,取而代之的是干燥的空气,枯萎的树杈铺满了林间空地,踩在上面发出清脆的断裂声。在这座森林里,精灵并不是唯一的主人,他隐隐地感觉,精灵的势力正在衰减,一种黑暗的力量正在森林里扩散。

暮雪走在小路上,从黑暗之中传来了喘息的声音,类似于风的声音,要是别人,一定会以为那就是风的声音。但暮雪却知道,有什么东西正在看着自己,甚至是在监视自己。那绝对不是精灵,精灵不会畏畏缩缩,要是被他们发现,要么已经命丧黄泉,要么会被他们当作敌人抓住,关进精灵的地牢。那可是个恐怖的地方,精灵的寿命比人类要长许多,也许,他会被关在地牢里,等待着日月更替,那个时候,他早已经化作白骨。

但这不是他需要担心的,他曾经和精灵打过交道,那个时候还有许多的朋友,他们一定会帮助自己。但现在,他把注意力拉回现实,在一片黑暗之中,有什么邪恶的东西正在逼近。前方的道路渐渐开阔,在道路的尽头,是一片废墟。他感觉到那并不是普通的废墟,在废墟里掩藏着什么东西,他不知道的东西。从外表上看去,那只是普通的精灵城市,应该是战前遗留下的残骸,应该很久没有人住过。

如果他知道里面是什么,他一定不会进去,但他却被那种力量诱惑,想要进去看个究竟。当他走进废墟的时候,看见了纷繁的楼梯,一层层的向上延伸,除此之外,在大厅中,还有一尊维纳斯的雕像,苍白得如同死尸一般。他走到了最顶层,那里是一个残缺的平台,从那里可以俯瞰整片森林。森林已经暗淡,精灵是最优雅的,他

(二)访客

们无论昼夜,都会点燃那萤火之光,但现在,就连那最后的灯火也熄灭了。

据传说,精灵的城市应该就在森林的最东边,也是这片森林的尽头。如果现在是晚上,他还能根据星象判断位置,但现在,天空阴沉,别说星辰,就连日光也被遮挡。他感觉自己昏昏沉沉,就在此时,从他的身后传来了脚步的声音。他拔出长剑,几乎与此同时,转过了自己的身体。在黑暗之中,他看见了黑骑士,从黑暗之中现身。他穿着银质铠甲,虽然那铠甲历经了无数的战争,却还是闪闪发光。

暮雪知道,自己根本就不是黑骑士的对手,如同那幻觉一样,精灵可能已经沦陷,他朝后退去,在他的身后就是万丈悬崖,如果跳下去,自己绝对是凶多吉少。千钧一发之际,暮雪鼓足勇气,准备朝着黑骑士冲过去,与那强大的敌人决一死战。但从黑暗深处,却走出了一位黑衣人。他拿着短刀,朝着黑骑士逼近,把刀架在了黑骑士的脖子上,并说着暮雪听不懂的语言,那是一种失传已久的语言。

黑骑士用低哑的声音回应着,似乎是在乞求,随后慢慢地退入了黑暗之中。黑衣人走到了暮雪的面前,揭掉面纱露出了一副清秀的面容。那是一副熟悉的面孔,他是林枫,是暮雪曾经的好友,他们已经十年没有见面,林枫也是一位精灵。很少有人知道林枫的年龄,在暮雪很小的时候,他们便已经相识,过去了那么多年,他还是没有变老。

"你不该来这里,跟我走。"暮雪本来想说些客气的话,但是林枫却拉着他跑了出去,他的步伐轻盈,暮雪好不容易才跟上他的脚步。

"到底发生了什么?我看到了一些恐怖的画面。"他们停在了林间的空地上。就在此时,废墟中燃起了耀眼的火光,短短的几分钟,那座废墟便化为灰烬。

"东方势力对精灵发起了进攻,我们已经失去了好几座城市。"他们谁都没有提起那个人的名字,他们都心存恐惧,似乎只要提到他的名字,就会遭到灭顶之灾。

"格雷尔在哪?我要去见她。"暮雪相信,自己所见的是一个预言,他深信只有格雷尔才能拯救整个世界。上一次暮雪看到某些画面的时候,是战争快要结束的时候,后来,预言还是应验了,战争终于结束了。

"她在半路遭到了敌人的进攻,现在还在昏迷之中。"从森林深处传来了窸窣的声音,林枫拉着暮雪骑上马,一前一后朝着精灵城的方向而去。

他们终于来到了精灵的城市,此时,那原本迷人的灯火已经熄灭,很多精灵聚集在圣池旁,他们都在祈祷着。他们穿过人群,沿着那紧密的藤蔓,一直来到了精灵城的最顶端。格雷尔是精灵族的公主,此时此刻,她正躺在床上,面无血色,双眼紧闭。她宁静的样子让人不忍直视,这让暮雪觉得心痛。自从安娜离开之后,暮雪就没有再为别人心痛过,这让他有了一种异样的感觉。

林枫请求暮雪留在这里,如果不出意外,几天之后,敌人就会抵达这里,精灵最后的希望也会随之破灭。暮雪本来应该离开,自己不是精灵,没有必要为了精灵牺牲自己。林枫似乎看出了暮雪的顾虑,他把暮雪拉到一边,平静地对暮雪说道:恶势力永远不会停止,你的国家也危在旦夕。听到这里,暮雪才决定留在这里,等待格雷

(二) 访客

　　尔醒来之后再做决定。格雷尔是在傍晚的时候醒来的,那天,天空中满是漂亮的火烧云。

　　守卫前来通知暮雪,格雷尔已经脱离了危险,暮雪急匆匆地赶往她的房间,见她坐在床上,仍然非常虚弱。暮雪心痛地坐在她的身边,询问她的身体状况,但他们都知道,那只是片刻的宁静。暮雪对格雷尔说:你需要我为你们做什么? 格雷尔看着暮雪,竟然潸然泪下,她嘱咐暮雪,一定要让人类国王回心转意,不仅仅是帮助精灵,也是帮助他们自己。看来分别的时候到了,暮雪看着她哭泣的样子,更加伤心。

　　临走的时候,格雷尔送给暮雪一样礼物,那是一瓶精灵的眼泪,可以瞬间疗愈致命的伤口。暮雪就这样离开了精灵之城,回到了白色圣城,此时,白色圣城一片欣欣向荣,和精灵城形成了鲜明的对比。暮雪来不及休息,立刻去面见国王,但国王却把暮雪拒之门外。守卫告诉暮雪,国王已经下达了命令,拒绝接见任何访客,如果有什么紧急的事情,可以去找辅政大臣。

（三）骑士的没落

暮雪立刻找到了辅政大臣，那是一个苍老的男人，有一副颓废的外表，看上去让人觉得有些不舒服。他把自己知道的全部告诉了那个男人，并再次请求面见国王，但那个男人却显露一种无所谓的神情，他和朋友正在下棋，似乎根本没有听暮雪在说些什么。暮雪又一次重复了自己所说的话，那个人才抬起了头，无辜地看着暮雪，似乎是在对暮雪说，这没有什么，不用担心。

"我恳请你，考虑一下我的建议，这非常重要。"那个男人对着暮雪摆了摆手，让暮雪退下。暮雪可不是精灵，他没有那么容易放弃，他并没有离开，直到此时，男人才知道，暮雪根本就不会放弃，如果不给他一个合理的回答。

"这座城市很安全，再说，精灵当年背弃了我们，我们不会帮助他们。"暮雪想起了当初，原本战争完全可以避免，但由于国王做出的错误决定，才导致战火蔓延。

"当年人类做过什么，你还记得吗？"在遥远的第一纪元，和现在的状况一模一样，黑暗势力崛起的时候，人类对此置之不理。后来，

(三)骑士的没落

黑暗势力渐渐壮大,才导致了后面的一切。

"不用你质问我,我现在代表国王,我现在得请你出去。"男人站起身,浑身颤抖着对暮雪大喊大叫,但他却体力透支,歪倒在座椅上,大口地喘着粗气。

"你对我这样也没有用,我需要你的帮助。"暮雪依然据理力争,男人看上去极度厌烦,却再也说不出一句话。暮雪叹了口气,对着他行礼,然后退了出去。

他站在城市的最高点,看着那壮美的荒地。自从上一场战争之后,几乎毁掉了他挚爱的一切,原本长满榛树的平原,也变得寸草不生。他不能这么置之不理,在那一刻,他做出了一个重要的决定。他来到了国王的宫殿前,守卫拦住了他的去路,暮雪拔出了长剑,警告那两名守卫,但他们似乎并不打算就此罢休。暮雪轻松地杀死了两名守卫,冲进了国王的宫殿,国王正坐在那里,看着那空荡荡的房间。

国王看见暮雪拿着剑进来,原先悲痛的神情消失不见。他愤怒地质问暮雪,难道是准备叛变不成。暮雪又一次重复了自己的话,但国王已经被悲伤冲昏了头脑,他也拔出了佩剑,并下令自己的手下杀死暮雪。所有的守卫都挡在了国王的身前,就算是全部的骑士,也不是他们的对手。暮雪知道敌众我寡,自己根本就没有胜算,但他还是一步步朝着国王走去。暮雪心如死灰,在千钧一发之际,暮雪又一次做好了必死的准备。

当年,白色圣城的公主为了保护这座城市,和所有的人并肩作战,也葬身在那战场之上。在那之后,国王就一直沉沦了下去,几乎足不出户。暮雪冲向那群守卫,和那些卫兵厮杀在一起,但他还是被卫兵制伏。一个年轻人把暮雪押到了国王的面前,暮雪抬起头,伤感地看着国王。国王朝着暮雪走了过来,举起了自己的剑,如果暮雪再不说些什么,做些什么,这将是自己的世界末日。

"想想你最爱的人,她希望你这样吗?"暮雪当年一直爱慕公主,但由于身份悬殊,他一直没有勇气表白,虽然公主明白他的心意,却也一直藏在心里。

国王似乎受到了触动,手中的剑缓缓掉到了地上,发出沉重的声响,他瘫软地坐回到宝座之上,下令将暮雪逐出白色圣城。暮雪满心悲痛地离开了自己的故乡,临走的时候,只带走了随身的衣物,还有自己的宝剑。他站在荒野之中,朝着身后看去,那白色的城市,安静地伫立在荒野之中,繁华且孤独。他在荒野游荡了几天,最后还是决定去精灵那里,那可能是自己最后的归宿了。

他又一次回到了黑暗森林,当他来到精灵城市的时候,所有的精灵都换上了华丽的衣服,欢迎这位远道而来的客人。林枫从人群中冲了出来,和暮雪紧紧地拥抱在了一起。当暮雪朝着人群看去的时候,他看到了一个熟悉的面孔,格雷尔也站在人群之中,正朝着暮雪微笑。她的伤势已经痊愈,暮雪也微笑地看着她,那是暮雪在那之后,第一次感到快乐。暮雪来到这里的消息,很快便在这里散布开来,精灵王很快得到了这个消息。

当天晚上,精灵王便邀请暮雪一起参加他们的晚宴。暮雪换上了精灵最好的礼服,在晚上的时候,准时来到了宴会厅。精灵王热情地款待了暮雪,那已经是精灵对客人的最高礼遇。他们吃着最好

(三) 骑士的没落

的食物，听着美好的音乐，这一切都让人放松，几乎让人忘记了过去，忘记了整个世界都笼罩在战火之中。暮雪来到了自己的房间，那是城市顶端的一间树屋，是由树枝建成的，有一种植物特有的香气。那天很晚的时候，精灵王独自找到了暮雪，那是一次秘密的会晤，暮雪给精灵王倒了杯果汁，两个人坐在桌前，仿佛一对多年没见的老朋友。

"精灵的城市危在旦夕，谢谢你能来，但这还不够。"暮雪知道他要说些什么，但现在，暮雪的朋友已经为数不多，而且已经很久没有联系，暮雪不确定他们是不是还效忠自己。

"我会尽力帮助你们。"暮雪只能那么说，虽然暮雪根本就没有什么底气，但自己已经没有任何的退路。

"无论怎样，我们都会感谢你的。"这次见面就这样短暂地结束了，暮雪把精灵王送了出去，在那之后，他独自坐在房间里。那是一个不眠之夜，当清晨来临的时候，暮雪悄悄地离开了精灵的城市。他骑着坐骑前往了遥远的北方，在更远的北方，那里到处都是高耸的雪山，暮雪要去见很久之前的一位老朋友。他也曾经是一位骑士。

在山脚下，暮雪终于看见了那栋小房子，孤零零地坐落在那里。暮雪从马上下来，他的朋友已经很老了，他们曾经一起出生入死。暮雪走到门前，当他准备敲门的时候，却发现门并没有上锁，他推开门，看见老人正躺在床上，双眼看着窗外。暮雪的第一反应，是自己的朋友已经离世，但暮雪发现，他竟然缓缓从床上坐了起来，满眼泪水地看着自己。两个人相拥而泣，他们从未想过，此生还有相见的时候。

但时间已经改变了两个人,他已经是一个老年人,已经不能和暮雪并肩作战了。暮雪请求他去联系其他的骑士,并告诉他,战火即将燃起,如果可以,暮雪请他赶紧离开这里,但他却微笑着摇了摇头。那一天,他给所有的骑士写信,暮雪不舍地离开了这里,在几个小时之后,战火就蔓延到了山脚之下。暮雪的朋友还是惨死在那战火之中,暮雪听到这个消息的时候,还是觉得悲痛,他没有能亲手埋葬自己的朋友。

当天,暮雪终于等来了自己的战友,他们曾经一起并肩作战,他们骑着战马,全部来到了精灵城前。当得知这个消息的时候,暮雪还是兴奋地冲出城来,他和每一个人拥抱,把他们迎进了城里。他们受到了精灵的最高礼遇,每个人都分到了一间温馨的树屋。一切终于尘埃落定,接下来就是等待精灵王的命令,迎接他们的将是一场大战。那晚,暮雪喝了很多酒,过去的事情可能又将重演。

（四） 备战

　　精灵的城市一片寂静，每个人都沉浸在一片恐慌之中。暮雪站在阳台上，远处就是凡尔纳河，还有无边的黑暗森林。凡尔纳在精灵的语言中是天使之城的意思，这里原本远离尘世的喧嚣，然而，现在却成为黑暗势力进攻的目标。看着那美丽的景色，风吹在脸上，让人觉得有些凉意，他朝着东方看去，一副灿烂的朝阳在山头显现，然而，暮雪却怎么也开心不起来。

　　就在此时，精灵的号角响了起来，那是悲伤且深沉的声音，穿透了整座城市，暮雪知道，一定有什么重大的事情发生了。他拿着佩剑冲出了房间，来到了圣池旁。城门被缓缓地打开，一位骑士从门外进来，身上满是伤痕，只说了一句：小心，便重重地摔在了地面上。暮雪立即冲了上去，他还有呼吸，暮雪对着身后惊讶的精灵喊道：快来帮忙。几位精灵跑到暮雪的身边，把那位骑士带回了房间。

　　暮雪看着人们离去的身影，是那么的沉重，但是，从身后却吹来了一阵阴风，那是从门外吹来的，仿佛是从地狱传来的喘息。暮雪几乎可以听见沉重的马蹄声，还有金属摩擦的声音。和最初的那个梦境一样，一切都是那么的真实，仿佛近在耳边，城门慢慢地关上，那感觉也慢慢地消失。那天清晨，暮雪立刻找到了精灵王，告诉他大战临近，希望所有的人做好准备，精灵王没有说话，只是挥挥手让暮雪退下。

他无可奈何地离开了，又一次回到自己的房间，阳光又一次被乌云遮挡，天空终于暗淡了下来，就在一个小时之后，号角又一次被吹响。精灵王下令，让所有的平民离开城市，前往白色圣城寻求帮助，那是他们最后的希望，而精灵王只留下了少数侍卫，决定与这座城市共存亡。精灵的大军以及人类的骑士都被派去保护那些平民百姓，整座城市即将成为敌人的囊中之物。

谁都不能理解精灵王的决定，而且暮雪已经被人类驱逐，他一生都无法回到那壮美的城市，去过之前那种平静的生活。在离开之前，他又一次找到了精灵王，精灵王正坐在房间里，穿上了自己最好的礼服，他正在等待，似乎是等待着世界末日的降临。看见暮雪来访，他强颜欢笑地站起身，请自己的朋友进来。

"朋友，你还有什么可说的吗？"那句话是极为悲伤的，仿佛是两个人的道别，或是最后的遗言，但暮雪却并不想让一切成为现实。

"我还真有几句话想说，我请你和我们一起离开。"暮雪仍然不想放弃最后的希望，精灵需要自己的领袖，一个勇敢的、敢于牺牲的人。

"我心意已定，我绝不会离开我的城市。"暮雪点了点头，他能够理解这种感觉，他什么也没有说，又一次离开了房间。

在这次谈话之后，暮雪并没有急于离开，而是去找了格雷尔，她

(四)备战

正沉浸在巨大的悲伤之中。和暮雪的感觉一样,他们都曾背井离乡,无论是因为什么样的原因,暮雪劝说格雷尔离开这里,虽然她也是骑士,但她毕竟是个女人。战争始终都是男人的事情,女人有更重要的事情要去做。格雷尔没有答应暮雪的请求,这让暮雪原本坚定的心受到了动摇,他本想借此机会回到白色圣城,去拯救更多的生命,然而,他最终还是决定,与自己心爱的女人共存亡。

他伴装离开,带领自己的三百骑士离开了精灵城,和精灵大军保护平民来到了荒地,他们在森林边缘与精灵告别,转而朝着东方狂奔过去。他们要给敌人一个出其不意的进攻,正在此时,那恶灵大军正朝着精灵城进发。暮雪先是派出十人的侦察小队,去前方探查消息,自己和剩下的人,在后方静静地等待着。他们对敌人还知之甚少,不知道有多少敌军,还有他们的前进方向。

几个小时之后,他们终于等到了侦察队的回应,敌人大概有五万大军,可能还有更多的后备力量。然而,所有的精灵军队和人类骑兵,加起来也不超过五千人。但暮雪还是下令让骑兵进行突袭,他率领着自己的骑兵,朝着十公里外的敌军发起了进攻。半个小时之后,他们终于看见了浩浩荡荡的敌人大军,他们从侧翼插入,打乱了敌人的阵脚,减缓了敌人的前进速度,就这样反反复复,敌人也因此受到了不小的打击。

但事情却在这个时候发生了转机,随着黑暗骑士的跟进,人类骑士的进攻开始变得艰难。在此之前,暮雪以为敌人只有一名黑暗骑士,然而,事情却不是他想的那样,一共有十三名黑暗骑士。暮雪不得不带着自己的骑士,退回到黑暗森林的边缘,他们在那里稍做休整,并清点损伤程度。虽然敌人的损失更大,但暮雪也失去了自己的八名骑士,暮雪甚至不能安葬自己的朋友,但战场就是这样,暮雪来不及悲伤,让所有的骑士立刻返回精灵城。

当精灵王站在房间里,看着那绝美的城市时,他绝对想不到,人类正在为了自己,而孤军奋战。城门缓缓地打开,暮雪带着伤痕回到了精灵的身边,他们跪在精灵王的面前,发誓效忠,并与这座城市共存亡。精灵王的眼里尽是伤感,他不愿意让其他的人成为精灵的陪葬品。但事情已经无法改变,他请自己的朋友站起身来,带领他们来到宴会厅。他们从地窖里拿出了啤酒,还拿出了所有好吃的东西,他们要在大战之前好好地吃一顿。

敌人受到了重创,大概一天之内就会抵达精灵的城市,暮雪和所有的人在宴会厅里把酒言欢,在那个夜晚,好好地睡了一觉。第二天清晨,太阳照常升起,所有的人穿着铠甲,骑上自己的坐骑,来到了城门前的空地上,他们都在等待着,等待着死神的降临。那一天,没有人退却。精灵王站在所有人的面前,说了接下去的一段话:

我们也许会失败,也许会阵亡,但我们永远都不会忘记彼此,希望命运之神这一次站在我的身边。我会与各位共进退,尽力保护自己的城市,以及自己所爱的人,当然,我也希望各位勇敢作战,不要退缩。成败在此一举。所有人发出了振奋人心的怒吼,他们举起自己的剑,太阳穿透乌云,洒在了寒冷的大地上。

（五） 黑暗骑士

　　黑暗森林里一片寂静,只能听见风的声音,每个人都在等待着,等待着最后时刻的到来。暮雪和精灵王在所有人的最前面,看着那无边的森林,一切都是那么的宁静,要不是这场战争,这里该是多么的美好。接着,一阵马蹄的声音打破了原本的平静,那是黑暗骑士的马蹄声,暮雪能清楚地判断出,那是一种特殊的声音,沉重,压抑,几乎让人喘不过气来,和那天在废墟上的感觉一模一样。

　　那声音由远及近,在黑暗之中,却看不见黑骑士的身影。终于,黑暗骑士开始发起进攻,他们从四面八方朝着骑士冲了过来。暮雪对着自己的骑士下令,让他们不要慌张,那黑骑士的身影越来越近,让人感到害怕,但那些骑士并没有退却。"进攻!"暮雪还是下达了最后的命令,所有的人都朝着黑骑士冲了过去。但黑骑士的力量太过强大,他们拥有世界上最强大的诅咒之力,所有被黑暗之剑击中的人,都会瞬间变成一副皑皑白骨。

　　暮雪和精灵王冲在最前面,一个黑骑士朝他们冲了过来,他朝着暮雪一剑砍下,暮雪举起佩剑,虽然挡住了黑骑士的致命一击,但

骑誓

暮雪还是坠落马下。精灵王从不远的地方朝着暮雪飞驰而来,打算支援暮雪,但另一个黑骑士却对精灵王发起进攻。现场顿时乱作一团,虽然暮雪被强大的力量震倒在地,但是,黑暗骑士并没有就此罢休,他又一次举起了手中的剑,朝着暮雪又是一击。

暮雪躲过了这第二剑,他感觉浑身酸痛,但他还是很快从地上爬了起来,看着那高大的黑暗骑士,暮雪感到了前所未有的恐惧。他朝着周围看去,很多骑士都已经负伤倒下,曾经的一切又一次重演。但暮雪来不及去拯救自己的朋友,那黑骑士又一次朝着暮雪冲来,那剑刃朝着暮雪的胸口刺来。"你们快离开这里!"精灵王对着暮雪大喊道,他的脸上满是红色的血渍,好像那鲜红的朝阳。

暮雪又一次挡住了黑骑士的进攻,却被强大的力量震飞,他凌空而起,撞在了一棵枯树上,又一次重重地摔在了地上。"退回城里。"暮雪并没有抛下自己的朋友,和那位精灵王一样,他打算和这座城市共存亡,虽然,他们都知道,自己是不可能获胜的。但就在此时,精灵王却放下了手中的剑,转过头对着暮雪点头微笑。暮雪持剑朝着他的方向冲了过去,但已经为时已晚,精灵王还是死在了敌人的剑下。他的笑脸慢慢僵掉,最终化为了尘土。

这座城市已经彻底沦陷,他们已经没有坚持下去的意义,暮雪下令所有的人立刻离开这里。剩下的骑士退到了森林当中,朝着南方而去,现在,他们只能请求白色圣城的帮助,那是这个世界上现在最强的势力。但有时候,这反而会让人觉得不安,人类的高傲曾经差一点毁灭了自己,这才是暮雪所担心的事情。暮雪骑上马,带领着剩下的骑士,进入了那无边的森林。

(五)黑暗骑士

　　黑骑士跟在他们的身后紧追不舍,暮雪一直跑了一天一夜,才终于甩掉了那恐怖的骑士。他们在森林边缘停了下来,他们都需要好好地休息,在休息的片刻,暮雪检查了骑士的损耗情况。如今,人类只剩下了六十名骑士,骑士的时代还是过去了。但那只是片刻的宁静,暮雪担心敌人会追上他们,半个小时之后,他便下令继续前进。终于,他们又一次看见了白色圣城,但人类并没有为他们打开大门。

　　所有的精灵都被挡在了大门之外,暮雪和格雷尔还是相见了,在经过了这一切之后,他们紧紧拥抱在了一起。但悲伤还是如影随形,身后传来了黑骑士的马蹄声,人类的城市也吹响了紧急的号角。尽管如此,他们还是没有打开城门的意思,暮雪并不打算放弃,他对格雷尔说:生死在此一举,让所有人拿上武器,我们和敌人决一死战。就在此时,弓箭手还是涌上了城墙,随着一声令下,人类的弓箭手万箭齐发,击退了那恐怖的黑骑士。

　　但那只是一个开始,恶灵的大军还没有发起进攻,直到此时,城门才缓缓地打开,国王从城里走了出来。暮雪还是跪在国王的面前,但国王却给了他一记耳光,并对着暮雪愤怒地说:是你把危险带到了这里,你现在是所有人的敌人。国王又一次拔出了剑,要置暮雪于死地,但格雷尔却挡在了暮雪的面前。"不是他的错,黑暗总会降临,那是命运。"可国王根本就不相信什么命运,所有的人都跪在了国王的面前,并宣誓效忠人类最伟大的国王。

　　国王终于放下了手中的剑,脸上露出了满足的笑容,他让所有的人都进入了圣城。在最后的时刻,当暮雪准备回家的时候,国王

骑誓

却对暮雪说:是我下达的命令,驱逐你离开,我不会收回我的命令,你走吧。暮雪知道,这不仅仅是国王为了保住自己的尊严,也是他收留这些难民,与暮雪交换的条件。他看了一眼格雷尔,缓缓地转身离开,格雷尔似乎知道发生了什么,她想要和暮雪一起离开,可城门却缓缓关上,挡住了两个人。

暮雪在荒野中游荡,在此之前,暮雪在世界各地都有自己的朋友,但他却不愿意去找自己的老朋友。他害怕会给自己的朋友带去厄运,于是,他只能朝着北方而去,那里有高大的雪山,自己可以在那里生活,永远不问世事,一个人度过这短暂的一生。当他来到雪山下的时候,他已经无比疲惫,他从马上下来,看着自己心爱的坐骑,现在是分别的时刻了。他松开缰绳,最后看了一眼那匹黑马,然后在它的耳边低语:你走吧。

暮雪看着它离开的背影,有些不舍,也有些伤感,他看着那高耸的雪山,终于义无反顾地朝着那高峰攀爬上去。但战争并没有结束,黑骑士回到了自己的大部队,他们是来告诉维拉,精灵城市已经陷落,现在,整个世界能够与之抗衡的,就只剩下了白色圣城。但他们一定会想办法联合其他城市,为了能够一举拿下整个世界,他们必须立刻对白色圣城发起最后的进攻。

维拉曾是死神的门徒,但由于想法过于偏激,而被死神驱逐到了人间。他来到人间之后,依旧死心不改,决定统治整个世界。于是,在第一纪元漫长的岁月里,他终于积聚了自己的力量,不仅仅有着强大的灵魂,也炼成了一副肉身。他始终戴着头盔,没有人知道他真正的样子。可那些黑暗骑士则不同,他们原本是精灵,在第一

(五)黑暗骑士

纪元的最后大战中,他们被黑暗力量腐化,最终变成了行尸走肉。

暮雪在山间建起了一间木屋,在那里过着平静的生活,他如今已经心如死灰,没有人知道他的下落,也很少会有人来到这寒冷的北方世界。但是在北方世界,却生活着另一些生物,他们是友好的法师。他们不喜欢战争,热爱和平,所以,把城市建在大山的深处。暮雪从来没有见过那些人,如果不是因为这些事情,他可能永远都不会知道,在这里,还有这样一群奇怪的人。

（六） 遥远的世界

　　那是一段平静的岁月，暮雪独自待在深山里，等待着时间的逝去。那是世界上最寒冷的地方，山上只有苔藓和低矮的灌木。在那段时间里，暮雪以浆果为生，过着艰苦的生活。总算可以离开那些纷争，但暮雪并没有觉得快乐，相反，他的内心一直沉重，压抑。在骑士的心里，一直藏着一个梦想，能够戎马一生。没有目标的生活，让他忘记了活下去的意义，日子就这样一天天地过去。

　　但就在不久之后的某一天，一个老朋友的出现，再次打破了暮雪平静的生活，那天，暮雪刚刚从山脉的另一边回来。随着冬季的来临，这里变得越来越寒冷，食物也开始变得匮乏，他不得不走得越来越远。在山的另一端，是无边无际的雪山，有时候暮雪会想，在山脉的尽头会有什么。但后来，他还是放弃了自己的想法，在山脉的另一边也许什么也没有，那里应该更加寒冷，没有什么生物可以忍受。

　　当他回到家里的时候，看见从山下走来一个身影，她步履蹒跚，看上去格外的疲惫，很少有人会来到这里，暮雪觉得奇怪。这让暮

（六）遥远的世界

雪好奇，也让暮雪警觉，他害怕这个访客打破自己平静的生活。他拿着自己的剑，朝着山下走去，随着两人的距离越来越近，他发觉，那并不是一个陌生的访客，而是自己的最爱，格雷尔终于找到了这里。她花了好几天才打听到暮雪的下落，当暮雪冲上去的时候，格雷尔终于体力透支，摔倒在雪地里。

暮雪把她扶进了屋里，并点燃了壁炉里的枯草，她躺在那里浑身冰冷，不知道她这一路经历了什么。格雷尔醒来的时候，她看着暮雪，苍白的脸上露出了微笑。恶灵的大军已经越来越近，人类的城市已经岌岌可危，但人类却并不关心。格雷尔对此失望透顶，于是，她离开了人类和自己的朋友，来到这里和暮雪共度余生。他们都已经受够了那样的生活，但暮雪还是不甘心。

当夜幕降临的时候，暮雪走出了房间，他朝着山脉的另一边看去，突然，他看见从地平线的方向，一个蓝色的光团从山顶升起，慢慢升到空中，慢慢地消失，仿佛是人类庆祝的烟火。那里一定有着什么，他看着黑暗的房间，格雷尔依旧躺在床上。暮雪回到房间，叫醒了格雷尔，他把自己看见的告诉了格雷尔。格雷尔对此好像并不感兴趣，也许那只是暮雪的错觉，或者只是流星。

"那绝对不是我的错觉，那是一种强大的力量。"暮雪仍然坚持己见，但格雷尔却显得有些不耐烦，她现在只想过平静的生活。

"已经很晚了，该休息了，我们明天再讨论这个问题。"格雷尔翻了个身，闭上了眼睛。暮雪无可奈何地躺在格雷尔的身边，但他还是无法入睡。

"如果那件事情真的发生了，我就没有任何朋友了。"暮雪不禁油然而生一种悲伤的情绪,格雷尔很久没有说话,暮雪也不再说话,他陷入了沉思。

"别担心,人类不会就此消失的。"格雷尔过了很久才转过身。她深情地看着暮雪,仿佛是看着一样心爱的宝物,她的心里依旧满是希望。

暮雪没有说话,那一晚特别的漫长,当天亮的时候,暮雪还是满怀着担心。那天清晨,他只留下了一封信:我要走了,你在这里等我,我一定会回来的。暮雪离开了自己赖以生存的小屋,还有自己最爱的人,他沿着山路一直向北,在他的面前,只有无边的冰雪世界。他走了整整三天三夜,到了后来,就连他自己也开始怀疑,那是不是真的是自己的错觉。在第四天的清晨,他终于体力透支,摔倒在了雪地里。

不知道过了多久,暮雪从昏迷中醒来,他看见了一个穿着蓝色斗篷的男人,出现在自己的面前。他以为自己已经离开人世,自己看到的也许就是天使,一道耀眼的蓝色光线之后,暮雪便失去了知觉。当他再次醒来的时候,发觉自己躺在一座冰雪城堡里,那座城堡由巨大的冰块构成,却没有想象中的寒冷。周围站着一位中年男人,就是把暮雪从冰雪中救出来的那个男人,他叫作尼克,是一个魔法师。

他坐了起来,看着那壮美的宫殿,那里的每一个人都穿着蓝色的长袍,平静地在房间里来来去去。暮雪把人类的处境告诉了尼克,并请求他们的帮助,但让暮雪奇怪的是,他们竟然已经知道了那些事情。尼克看着惊讶的暮雪,领着他来到了隔壁的房间,在那间

(六)遥远的世界

房的中央,一个冰架上,放置着一个透明的水晶球。尼克把手放在水晶球上,另一只手放在暮雪的肩膀上,水晶球竟然发出了蓝色的光线。

透过水晶球,暮雪看见了浩浩荡荡的恶灵大军,正在朝着人类城市进发,除了强大的黑骑士,还有更加让人恐惧的龙骑士,以及各种怪物。他们集结了东方的各个势力,正准备将人类一举歼灭。他们没有想到,一个人类竟然会来到这里。但尼克还是看透了暮雪的心思,他告诉暮雪,魔法师不能参与这场战争,他们是为了保护自己。和当年精灵的回答一样,这让暮雪寒心。他一再请求尼克,帮助人类渡过难关,虽然人类有着种种缺点,但还是值得活在这个世界上。

"人类注定灭亡,那是命中注定。"和暮雪一样,他们也相信命运,但暮雪却不那么觉得,凡事都不可能只有一种可能。

"一定还有其他的办法,为此我愿意付出自己的生命。"尼克看着暮雪那样的执着,不禁叹了一口气。他又一次把手放在了水晶球上,似乎是在寻找最后的希望。

"希望渺茫,总会有人因此丧命。"暮雪点了点头,并没有显露疑惑的神情,他已经决定,为了人类付出自己的一切。"好的,我会为你指明方向,你们的命运掌握在一个女人的手中。"

结合自己之前看到的画面,暮雪知道,只有格雷尔可以逆转一切。但这场战争和每个人都息息相关,只有依靠众人之力,才有可能获得胜利。但现在格雷尔已经心灰意冷,劝说她不要放弃希望是一件非常艰难的事情。暮雪在那里度过了两天的光景之后,终于到了他离开的时候。随着法师的咒语,一阵蓝光闪现,暮雪瞬间回到了悬崖边的小屋旁。格雷尔正站在门口,似乎正在等待着自己。

　　暮雪履行了自己的承诺,他回到了自己爱人的身边,但他并不感到轻松,格雷尔没有亲眼看见那神奇的世界。无论暮雪怎样劝说,她都不会理解,但暮雪还是劝说格雷尔回到人类的身边,作为补偿,暮雪将和她一同回去。暮雪还是放弃了那平静的生活,在那天的午后,他们一同出发,踏上了回去的旅途。

（七） 回乡

当暮雪和格雷尔走在荒野的时候,他们不会想到,接下去会发生什么,那是他们在一起最美好的时光。他们像是一对相识已久的情侣,甜蜜地幻想着回到圣城的景象。当他们走到半路的时候,天空开始飘雪,一切都变得寒冷,且无比美好。整个世界一片寂静,仿佛是他们远离了战争,在一起旅行,欣赏着这美好的景致。但很快,那份沉重又一次占据了心头,当他们回到圣城的时候,敌人也刚好赶到。

那成千上万的敌人,正聚集在城市前的空地上,人类又一次被死亡威胁,国王也终于意识到,是自己的错误导致了这一场悲剧。所有的人都陷入了绝望之中,敌人在城前不断地呐喊、叫嚣着。格雷尔想让暮雪离开,但暮雪却坚持要为人类战斗。短短的几分钟,弓箭手就聚集在城墙之上,国王亲自率领步兵在城前列阵。但人类的数量还是远远少于敌军的数量。理智告诉暮雪,他无法凭借一己之力去拯救那些人类。

"我们不要去管那些事情,我们走吧。"格雷尔重复着那一句话,但这却让暮雪寒心,他无法看着自己的家乡就那样被毁灭。

"我救不了他们,但我们可以去寻求帮助。"就在几公里之外,就是另一座人类城市。那座城市叫作钻石之都,那里有着数不尽的财宝,也有着让人胆寒的黄金军团。

"想想之前的事情,那些人类不值得。"暮雪看着格雷尔,不知道她什么时候变成了这样,这让暮雪伤心,但那毕竟是自己所爱的女人。

"我永远不会放弃,你走吧。"格雷尔看着暮雪坚定的眼睛,什么也没有说,便离开了暮雪。在离开之前,她把自己的长剑送给了暮雪,算是对暮雪最后的支持。

暮雪来不及休息,一个人前往不远处的钻石城。那里也感受到了强大的黑暗势力,但他们却准备撤退,和精灵当年的选择一样。他们为了保护自己,选择放弃自己的盟友。当所有的人都涌出城门的时候,暮雪却在朝着城里狂奔。他走进金碧辉煌的城堡,看见了那位年轻的国王,希望他和自己的国王不一样,能够拿出最后一点勇气。国王垂头丧气地坐在宝座之上,他在等待,等待平民离开之后,他会最后一个离开,这是他能做的最后一件事情。

看见暮雪来到这里,他感到非常意外。暮雪已经很多年没有来这里了,但他还是忠告暮雪,不要为了人类战斗,骑士已经陨落,那样做是不值得的。但暮雪却要求国王给他一支军队。就在这个时候,法兰克从外面走了进来,那也曾是暮雪的好朋友。法兰克告诉国王,最后的平民即将离开。他在等待国王最后的指令。法兰克是钻石城的步兵统领,掌控着两千步兵。国王看着暮雪,还是让法兰

(七)回乡

克撤离。

国王一个人走下了宝座,他终于放弃了自己的城市,头也不回地离开了那里。暮雪无可奈何地走到了外面,站在城市的最高点,他能够看见那黑压压的军队,还有人类最后的希望。法兰克跟着暮雪走了出来,看着那敌人大军,悄悄地和暮雪说:我会帮助你的,但我得护送百姓离开,你得替我争取时间。法兰克走了出去,暮雪甚至不知道他是不是会真的回来,但他还是选择相信自己的朋友。

终于,暮雪回到了白色圣城,回到了自己国王的身边。一场大战即将开始,但暮雪却劝说国王,要他带领所有的步兵回到城里,布置好防御,等待自己的朋友前来帮助他们。这一次,国王相信了暮雪的话,在敌人进攻之前,他们全部退回了城里。维拉以为人类害怕了,自己一定会取得这场战争的胜利,于是,他立刻下令,发起最后的进攻。所有的步兵朝着城门攻去,人类死死抵住了城门,一切都只是时间问题。

此时,在城里还有为数众多的精灵军队。现在,那些军队都由林枫率领,他们也来到城门边,准备和敌人殊死一搏。但就在这时,龙骑士终于来到了战场,他们取得了制空权,飞龙喷出的火焰把整座城市染成了血红色,整座城市陷入了一片火海。暮雪选择和林枫站在了一起,他们终于可以并肩作战。暮雪拔出格雷尔的佩剑,在剑刃上深情地亲吻,如果不出意外,他们将再也无法相见。

半个小时之后,城门还是被攻破。恶灵的军队涌入城里,和人类展开了战斗。暮雪像从前一样,与敌人奋勇作战。他怒吼着,但那声音很快就被战斗的声音吞没,到处都是惨叫声,还有金属碰撞的声音。渐渐的,人类还是寡不敌众,但暮雪却不想离开,他不愿意放弃,任由敌人冲进这美丽的城市。林枫跑到暮雪的身边,对暮雪叫喊着:你看看,城市已经陷落,现在撤退还来得及。

暮雪朝着城里看去,地上满是血渍,城市已经被大火吞没。林枫拉着暮雪朝着城市南边退去,那里有一条秘密通道,是为了运送粮草准备的秘密通道。龙骑士依旧在不停地进攻,很多人类都死在这场大战之中。暮雪和林枫从秘密通道离开,人类最强大的城市终于也沦陷了。他们离开这座城市的时候,发现只有为数不多的人逃了出来,贫民成为这场战争最大的牺牲品。

就在这个时候,从远处传来了进攻的号角,法兰克履行了自己的承诺,他率领着黄金军团赶到了这里。人们欢呼雀跃,剩下的人类士兵重新返回战场,和自己的盟友并肩作战,敌人被暂时击退。在那之后,便是清理战场,检查伤亡人数,这一次,暮雪终于可以埋葬自己的朋友。但暮雪还是听到了一个噩耗,国王战死在这场战争之中。暮雪蹲在国王的尸体旁,失声痛哭起来。他们花了整整一天,把所有人的遗体全部埋葬,暮雪和法兰克站在城前,看着那无边的夕阳。

"谢谢你们,我会永远记得你们。"法兰克什么也没有说,他经历的损失,一点也不比暮雪少。在这场战争中,黄金军团也损失惨重,龙骑士的威力太大,几乎烧死了他们一半的人。

"人类的时代即将过去,我们都输了。"人类的实力已经大不如前,如果敌人再一次发起进攻,他们将无路可退。现在唯一的办法,就是离开自己的故乡。

（七）回乡

"你走吧,我们不会离开,这座城市是我们的希望。"法兰克不解地看着暮雪,但他尊重暮雪的决定。在那个无比美好的傍晚,他们在那里道别,法兰克带着自己的军队,离开了圣城。

很快,国王的死讯便散播开来,每个人都沉浸在悲伤和恐惧之中,但他们最终都把目光投向了暮雪,要不是暮雪,他们一定都已经葬身战场。他们想请暮雪统领剩下的人,成为这座城市的第二任国王。但暮雪却拒绝了,那不是自己的梦想,他根本就不想要什么权力,他只想要让所有的人都活着。他们又一次返回了城市,此时,城市已经残缺不全,他们用最快的速度在城里布防,等待着最后的进攻。

林枫还是找到了暮雪,他也是来向暮雪道别的,已经有太多的精灵死在这场战争之中,他必须保护那些剩下的精灵,所以,他也打算离开这里。暮雪答应了林枫的请求,于是,他们又一次分别了。谁也不知道,这次分别意味着什么,暮雪不知道,他们到底还会不会相见。他看着林枫离开,那个背影坚定地走远,仿佛并没有放弃希望。一天终于结束了,暮雪回到了自己的小房子,在那张阴冷的床上,度过了这个平凡的一夜。

（八）加冕典礼

暮雪在圣城度过了这段悲伤的岁月,他看着太阳升起又落下,城市一天天恢复成了原样,但这场战争留给人的阴影,却永远不会消散。格雷尔很久都没有回来,暮雪曾经派人去找过,可是始终都没有音讯。一转眼就进入了深冬,敌人并没有发起进攻,可能是因为寒冷的气候,才拯救了这座城市。几天的大雪之后,出城的道路被全部封锁,还好他们储备的粮食足够他们度过这个冬天。

但这座城市依旧是群龙无首,人们需要一个新国王,按理说,应该由老国王的大儿子继任,可那个人是个小人,根本就不是做国王的料。所有的人都希望暮雪能够成为这里的统治者,但和之前一样,暮雪推脱了别人的好意。那一天还是来临了,国王的加冕仪式在冬季最寒冷的季节举行。在这个世界上,这也算是一件轰动的大事,那一天清晨,这座城市迎来了它的客人。

那一天,林枫和法兰克都不远万里来到了白色圣城,暮雪冲出城去,迎接自己最好的两位朋友。他把自己的朋友带到了自己的小屋,经历那场战争之后,他原本应该拥有更好的待遇,但是,他宁愿

(八)加冕典礼

住在这里。冬天,风信子慢慢枯萎,那山谷里取而代之的,是一片白茫茫的积雪。他们坐在桌前,虽然这里环境恶劣,但他们都享受着彼此在一起的时刻,他们一边喝茶,一边寒暄着,但话题还是转向了格雷尔。

"自从上一次分别,已经一个月没有她的消息。"暮雪一边说着,一边看着她送给自己的宝剑。他把那把剑放在最显眼的地方,一抬头就能看得见。

"我听到了传闻,她去了世界尽头,可能不会回来了。"林枫那么说着,精灵总是消息灵通,但他仍然不敢确定,也许如今,只有魔法师才知道这件事情的真相。

"等国王继任,我就要离开这里,这座城市就交给你们了。"敌人迟早还会发起进攻,这位国王一定没有办法应付,到时候,或许只有暮雪的朋友能够帮助人类了。

就在这个时候,新国王的出现却打断了这份短暂的美好和平静,他破门而入,当着暮雪朋友的面质问暮雪:他们都说,你才应该成为这里的国王,现在,我们就决一高下。暮雪并没有理会,而是请自己的朋友出去,随后关上了房门。他对国王实话实说,自己根本就不想当什么国王,但国王却怎么也不愿意相信。国王喝醉了,如果让别人看见这一幕,对于新国王来说并不是一件好事。

暮雪准备送国王回去,国王却拔出剑对准了暮雪,暮雪并不感觉害怕,他并没有拔出自己的剑。他对国王说道:不要怀疑我的忠诚,我尊敬你的父亲。他疑惑地看着暮雪,虽然暮雪知道一些重要的事情,但到现在,他都没有和任何人说起过。在那场混战之中,这位国王并没有和他的人民站在一起,而是一个人躲在地窖里。他的行为间接导致了国王的殉难,他还是放下了剑,哭着向暮雪道歉。

但暮雪却摇了摇头,并告诉国王,自己参加完加冕典礼,就会立刻离开这里,所以请国王不要担心。说着,暮雪把国王送回了寝室,并让侍卫好好照顾他们的国王。暮雪从房间出来的时候,一个侍卫对暮雪说:我们都支持你,如果不是你,我们早就死在战场上了。暮雪点点头,请求他以后不要说那样的话了,他还说,你们是国王的侍卫,只能效忠国王一人。对于这里所有的人来说,那都是一件悲伤的事情。

暮雪回到了自己的小屋,又一次和自己的朋友坐在了一起,他们喝了一天的酒,谈论了许多暮雪没有见识过的事物。但暮雪却怎么也高兴不起来,他一直思念着格雷尔。夜幕还是如期而至,整个城市都燃起了灯火,每个人都来到了宴会大厅,参加这一场万众瞩目的加冕仪式。国王坐在遥远的宝座上,看上去无比孤独,但来参加这场聚会的人们却载歌载舞。他们吃着精美的食物,唱着熟悉的歌谣,似乎把战争忘得一干二净。

唯有暮雪形单影只,他一个人坐在角落里,看着那一屋子的精致。晚上八点的时候,加冕仪式正式开始。神父走到国王的面前,问国王是否愿意保护自己的人民,是否愿意效忠国家。国王只是说,我愿意。但在那之后,他却朝着暮雪看去,暮雪还是坐在角落里,面色平静,看上去不悲不喜。神父为国王戴上了王冠,现场一片欢呼雀跃,但总有些人不是那么的开心。暮雪走出宴会厅的时候,发现法兰克独自站在顶层的平台上。

(八)加冕典礼

"你和我一样,都在担心什么。"法兰克看着暮雪,两人举起酒杯,把杯中的啤酒一饮而尽。两个人看着皎洁的月光,似乎是在预兆着什么。

"今晚我就会离开这里,这座城市就交给你们了。"那是暮雪最后担心的事情了,要不是自己自私的想法,他一定会留在这里,一生都这样度过,为了自己的国家。

"那么,再见了,我的朋友。"他们又倒了一杯酒。当他们喝完那杯酒之后,暮雪向他的朋友道别,带着一路的干粮,趁着夜色离开了圣城。

在一片寒冷的荒野之中,暮雪骑着一匹战马,朝着世界尽头飞驰而去。他的心里只有自己所爱的人,也许这辈子都无法回到这里,他甚至不知道自己会不会找到格雷尔。要不是因为时间紧迫,他完全可以先去法师那里。但他已经忍不住要和自己所爱的人早点相见,就算那只是谣言,他也要去试一试。他一直这样没日没夜地赶路,三天之后,他终于来到了所谓的世界尽头。那里是一片大海,在海洋的尽头,海水坠入繁星之空。这里是世界上最安静的地方,也是最美丽的地方。暮雪看着海水落入虚空,却没有看见自己的爱人。

他站在金色沙滩上,那一刻他心如死灰,他不想回到自己的城市,只想在这里度过自己的后半生。他看着遥远的灯塔,发出耀眼的白色光影,他突然有了一种奇怪的感觉,格雷尔一定就在那里。于是,他朝着沙滩的尽头走去,当他来到灯塔的时候,他远远地看见,格雷尔正站在灯塔的门口,她也在等待着。他们又一次拥抱在一起,两个人相互亲吻,仿佛他们已经一生未曾相见。

暮雪在灯塔度过了那个夜晚,他睡了整整一天一夜,在经历了这些事情之后,他感觉非常疲惫。他醒来的时候,是那天的中午,阳光柔和地洒在沙滩上,千里沙滩上空无一人,有一种荒凉的美感。那天中午,他和格雷尔共进午餐,在他们吃饭的时候,暮雪谈到了在雪山上的事情,他说自己看见了冰雪之城,在那里遇见了许多魔法师。他还说,自己成功地阻止了战争,但格雷尔却打断了他。

在那之后的很长一段时间,格雷尔都觉得,那只是暮雪的幻觉,魔法师根本就是不存在的。还有,她已经不想再过问战争的事情了,他们只是暂时阻止了战争,战争并没有结束,她只想留在这里,并不想要回到那纷纷扰扰的世界。暮雪觉得这里很好,也能理解格雷尔的感受,但他还是继续说下去,把法师的预言告诉了格雷尔,只有格雷尔能阻止这场战争,让世界永远归于和平。

（九）阴谋

"别让我再失去宝贵的一切,我伤透了心。"格雷尔固执地转过了头,暮雪看着她固执的样子,还是不禁想起安娜。安娜是一个平和的女人,从来不会固执己见,她凡事总是和暮雪商量,温柔得像是一只小白兔。

"还有很多东西,是比生命都重要的。"身为骑士,暮雪深知荣誉高于一切,这是他选择的道路。自从走上这条路,暮雪就知道,这是一条艰辛的不归路。

"哪怕是保护那些不值得的事物?"格雷尔不解地看着暮雪,她质问暮雪,语气强硬得让人伤心。暮雪并没有因此责备她,但他还是摇了摇头,如果恶灵再次发动进攻,不仅仅是人类,全世界都将面对危险。

"没有什么值不值得,我只是在保护自己的所爱。"暮雪深情地看着格雷尔,格雷尔却无动于衷,她的眼里是无尽的失望,她不能理解暮雪的选择。

"如果是这样,那你离开吧。"暮雪眼里的光泽消失不见,他失望地朝后退去,虽然,他不忍心离开自己的最爱,但他还是走了出去。

外面是一片冰天雪地的世界,他看着那无比冰冷的大海,平静得如同湖面一般,在他的印象之中,大海都是波涛汹涌的,但这里竟然毫无波澜。这里的平静让暮雪伤感,有一种淡淡的哀伤之美。他好像理解了格雷尔的心,她度过了无数个让人心碎的岁月,在时间的长河里,她已经耗尽了自己全部的力量。暮雪朝着身后看去,那灯塔坚定地伫立在海边的岩石上,格雷尔选定这个地方是有原因的,仿佛是在坚定地等待自己。

他点燃烟斗,他已经很久没有抽过烟,当他回到房间里的时候,看见格雷尔正站在窗边,看着那一望无际的大海。暮雪还是向格雷尔道歉,并对着自己心爱的女人许下承诺,如果她和自己离开,自己定会用自己的全力去保护她。格雷尔被暮雪的誓言打动,两人紧紧抱在一起,在那一刻,暮雪感觉到,她的泪水顺着脸颊,落在自己的肩膀上,冰冷得如同寒冰一般。在他们离开之前,格雷尔请求暮雪和自己出海,这或许是她最后的愿望。

乘着白色的小船,他们朝着海洋的深处进发,暮雪之前从没有真正见过大海,他感觉到了深深的恐惧,仿佛随时会被那海水吞没。他们在海上划行了好几个小时,周围都是深蓝色的海水。但天空慢慢暗淡,原本的阳光消失殆尽,取而代之的是一片繁星夜空,远处就是世界尽头。他们在边缘停驻,只要再往前一步,他们就会跌进万丈深渊,成为幽魂在虚空中游荡,永远不会着陆。

他们原路折返,当回到沙滩的时候,一切都恢复如常,沙滩安静地坐落在那里,灯塔散发着柔和的光影。他们离开了世界尽头,当

(九)阴谋

他们回到圣城的时候,还是被当作贵客招待。那个时候,那个年轻人已经真正成为国王。那是国王第一次见到格雷尔,却被精灵惊人的美貌打动。他没有显露自己的想法,而是给他们端上了美酒佳肴,若无其事地招待了他们。

晚上,暮雪终于可以好好休息了。他和格雷尔回到了豪华的房间,格雷尔早早地入睡,暮雪一个人站在阳台上,看着外面的雪景。就在这个时候,国王的侍卫前来通知暮雪,国王有要事商量。暮雪不敢怠慢,换上最好的衣服前往国王的宫殿。国王正坐在宝座之上,一个人喝着什么饮料,大概是葡萄酒。暮雪站在国王的面前,尊敬地对国王行礼,国王挥手让暮雪起身。

"尊敬的国王,请问有什么指示?"国王的脸上是一种复杂的神情,就连暮雪也猜不透国王的心思,但他却没有多想。

"敌人终究还是会宣战,我们得先发制人。"暮雪知道国王接下去想说什么,暮雪根本就没有选择,他又一次对国王宣誓效忠。

"请国王给我指挥权,我会向敌人发起进攻。"国王露出一副心满意足的微笑,暮雪以为,国王的微笑是赞赏自己的忠诚。

国王没有说话,挥了挥手让暮雪退下,暮雪再次行礼,慢慢地退出了大厅。他回到房间的时候,已经是深夜,格雷尔依旧沉沉地睡着,月光洒在床头,一切都是那么美好。明天,暮雪就要离开这里,这是他们的最后一夜。他深情地看着自己的爱人,躺在她的身边,度过了那难忘的一夜。

当阳光洒在城市上空,新的一天开始了。暮雪和自己心爱的女人道别,换上了崭新的铠甲,带着自己的新兵,前往遥远的东方世界。那都是些没有经历过战争的年轻人,暮雪也觉得没有一点的胜算,但他不得不听从国王的命令。在那个清晨,他率领着大军朝着敌人的城市进军。那是漫长的旅程,他们一直沿着雪道走了一个星期,那是他们从来没有见过的世界,满是乱石的世界。

天空的阳光还是消失了,整个天空中都是黑色的乌云,几乎遮挡了所有美丽的事物,前方的道路寸草不生。他们沿着弯弯曲曲的峡谷一直前行,但还是迷路了。几乎是在与此同时,国王找到了格雷尔,向格雷尔表白,并请求格雷尔嫁给自己。格雷尔拒绝了国王的请求,国王强行把格雷尔按在床上,想要对格雷尔无礼。但格雷尔却从枕头下拿出匕首,架在了国王的脖子上。

格雷尔当天就离开了白色圣城,她想过去找暮雪,却不知道去哪里找。她悲伤地离开了这里,感觉可能这辈子都无法和暮雪相见。格雷尔前往北方的小镇,她在那里安定了下来,买下了一栋小房子,没有人知道她曾经的事情,她几乎不与任何人交往,独自生活着。但她却知道,自己是在等待着暮雪的回来,在漫长的时间里,悲伤损耗着她的生命,让她的心变得苍老。

暮雪是在之后得到这个消息的,是他在圣城的朋友用信鸽传信给他的。他的心里也满是悲痛,可大战当前,他不能临阵退缩。况且,这可能是阻止战争唯一的机会,他忍受着巨大的悲痛,在荒山野岭之中艰难地前行。终于,在道路的尽头,他看见了恶灵的城堡,那城堡一片死寂,散发着淡淡的红色光线,在城门前,有几百个守卫正守在门口,如果贸然发起进攻,将会有更多的敌人涌出城市。

（十）生死对决

黑夜降临，在等待了六个小时之后，暮雪终于向敌人发起了进攻，守城的弓箭手对暮雪的部队造成了不小的伤亡。当他们攻打到城门口的时候，敌人的步兵一拥而出。在经历了一整夜的尝试之后，暮雪还是决定，带着剩下的人类，退回到山谷之中。他们原本只有一次机会，剩下的军队，已经不足以支撑下一次的进攻。暮雪不想放弃，但看着身边那些渴望的眼睛，似乎是在等待暮雪的命令，他们随时都可以为暮雪赴死。

这一次，暮雪没有坚持，而是带着所有的人，回到了人类的世界。人类的势力已经大不如前，当暮雪跪在国王面前，请求他的原谅的时候，国王却勃然大怒。他骂暮雪是个没用的废物，还扬言要将暮雪的朋友全部杀死。暮雪再也无法忍受，他从地上站了起来，反而质问国王：战败是我的责任，但国王就没有责任吗？国王拔出剑朝着暮雪走了过来，虽然守卫都拦着国王，但国王却没有理会，他推开身边的守卫，走到了暮雪的面前。

国王用剑对准了暮雪的胸口，这一次，暮雪也拔出了自己的剑，国王也被暮雪吓了一跳,他朝后退去,并下令侍卫杀掉暮雪。但那些侍卫却放下了手中的武器,暮雪朝着国王走去,眼睛里满是寒冷的光,他暗自说道:为了我们所爱的人。那剑锋刺进了国王的胸口,一瞬之后,国王便倒在了血泊之中。侍卫们面面相觑,他们谁都不敢说话,暮雪站在空荡荡的大殿里,对着那些侍卫说道:我杀了国王,这是死罪,我会离开这里,就当我死了吧。

暮雪此行,并没有打算回来,他打算去找格雷尔,虽然,他不知道格雷尔现在身在何方。那段时间,他一路向南,那里有着温暖的天气,还有美丽的景色。格雷尔一定在等待着自己,她在期待着那美好的生活。她一定会去南方,北方的天气太过寒冷,吃不饱穿不暖,只有南方能让他们过上好日子。在暮雪离开之后没多久,就有消息传到了暮雪的耳中,圣城又有一位新国王上位了。

在那之后,暮雪已经对此不抱希望,只能期待,那是一位优秀的国君,可以带领人类走向辉煌。那是深冬的一天,暮雪来到了南方的小镇,那是一座有些荒凉的小镇,在镇子的中央,是一座教堂。暮雪走进教堂,坐在那空荡荡的教堂里,此时是清晨,人们还都在睡梦之中。神父朝着暮雪走来,问暮雪有什么需要忏悔的,暮雪点点头,又摇摇头,他不知道该说什么。

"我在找一个朋友,不知道你能不能帮我。"暮雪看上去与众不同,和其他的那些人不一样,看上去风度翩翩,绝对不是一个普通人。

"也许我没有办法帮你。"神父的眼里闪烁着光影,他一定知道什么,却不能和暮雪说。他朝着里屋走去,暮雪紧紧地跟了上去,在

(十)生死对决

那里面的房间,放着一副铠甲,还有一把明晃晃的长剑。

"你也是骑士,为什么要隐藏自己?"暮雪疑惑地问那个男人。神父把房门关上,小心翼翼地点燃了蜡烛。在微光中,暮雪看见墙上的壁画,上面画着的是古战场图。

"三天前,新国王派人来过这里,他们是来找一位骑士的,据说,他杀死了国王。"暮雪终于知道,他为什么那么小心翼翼,他是在保护整个村庄的人。

"我会尽快离开。"暮雪立刻向神父道别,但神父却拦住了暮雪的去路。暮雪以为,他是要告发自己,拔出剑对准了那个男人。

"往南走,别回头。"那个男人头也不回地推门离开。暮雪当天就离开了这座小镇,没有做任何的停留,马不停蹄地朝着南方而去。

他彻夜飞驰,直到自己的坐骑筋疲力尽,他终于抵达了下一座小镇,直到此时,他才得知,麻烦又一次找上门来。新国王一直在追捕自己,为此,他已经杀害了那名神父,烧掉了整个小镇。暮雪的心里满是怒火,要是从前,他一定会杀出一条血路,和那个国王决一死战。但是,他现在心里只有格雷尔。如果自己不尽快找到自己的所爱,说不定,她也会受到牵连。暮雪穿上了黑色的斗篷,变成了一个暗影骑士,他所经过的地方,人们都在谈论这个神秘的骑士,但谁也没有见过他的真面目。

暮雪在这座小镇终于得知了格雷尔的下落,与此同时,国王的卫队也找到了这里。那天的清晨,暮雪终于在地下室找到了格雷尔,她好几天都没有吃东西,由于国王的搜捕,她不得不躲在地下室里。当他们见面的时候,两个人还是相拥而泣,但他们走出地下室,准备离开这里的时候,国王的卫队已经包围了整个镇子。两个人拿着剑,朝着镇外冲去。

在经历了一场混战之后,他们终于逃脱了那里,在他们的面前,是无边的平原,星星点点的灌木,点缀着那枯黄的茅草。他们奋不顾身地朝着南方跑去,漫无目的地飞驰,他们不知道要去哪里,直到一个钟头之后,当他们脱离危险之后,他们才停下了脚步。他们又一次拥抱在一起,直到此时,他们才对对方坦白自己的情感。在那一天,他们惬意地在茅草地漫步,他们从没见过那样的美景。

但他们都知道,危险并没有远去,国王的卫兵还在步步紧逼,随时可能追上他们,他们又一次开始了自己的旅程。他们转而向西,他们从来没有走过那么远,谁也不知道西方有什么,会遇见什么,又会发生什么。当黄昏将至的时候,他们迎着夕阳,看见了一座前所未见的城市。那座城市依山傍水,高大恢宏,相比人类的城市,更加的精致。几千年来,一直没有人到过这里,这里也没有被任何的事物打扰,这里是西方精灵的世界。

在上一次分别之后,林枫带着所有的精灵来到了这里,和自己的族人生活在一起,这里的大门永远敞开,欢迎着世界各地的来访者。虽然,在此之前,人类并没有来过这里,但精灵还是礼貌地招待了自己的朋友。精灵王为他们准备了丰盛的事物,还有宽大的房间,他们可以安心地住在这里。但是,危险并没有就此消失,就在第二天的清晨,人类的卫队还是找到了这里,虽然他们构不成任何的威胁,但精灵王还是派出战士,把卫兵一举歼灭,为了保护这座神秘的城市。

(十)生死对决

人类对暮雪的威胁暂时结束了,但这个世界还处于恶灵的威胁之中,人类已经开始自相残杀,这正是人类最脆弱的时候。加上暮雪对人类已经失去了信心,人类的文明可能即将过去。暮雪生活在精灵的城市,已经不问世事,他们每天过着早出晚归的生活。早上的时候,暮雪会和格雷尔出去打猎,在晚宴的时候,把猎物分给所有的人享用,他们开始了全新的生活。

（十一）报应

暮雪在精灵的世界开始了自己的新生活,但他并没有感觉到平静,相反,他感到深深的恐慌和焦虑。战争并没有平息,战火随时都可能吞没世界,他每天都会给法兰克写信,询问人类世界的消息。原本钻石城的人类,已经找到了自己新的家园,那里的生活更加艰苦,土地贫瘠,且更加寒冷。每个人都在辛苦地生活,他有时候会想起尼克,拯救自己生命的那个人,他也曾给尼克写信,但从来都没有得到回复。

似乎那些魔法师一直过着与世隔绝的生活,不愿意和人类有过多的接触,但暮雪却怀念那里,那美好的城市,美丽的魔法,那带给暮雪短暂的快乐。在精灵城生活的这段时间,他每天都过着重复的生活。今天,又是崭新的一天,他早早地起床,格雷尔正躺在自己的身边。时间还早,她还在睡梦之中,这让暮雪觉得安全,那些事情也许不会发生。他站在阳台上,看着太阳从天边升起。

每天的太阳都是一样的,红色的阳光染红那宽阔的平原,直到变成明媚的金黄色。格雷尔从梦中醒来,她走到暮雪的身边,和暮

（十一）报应

雪道早安。在早餐过后,他们会离开城市,前往北部的灌木林,在那里,他们能找到很多的食物。大多都是些野果,那些果子是他们从未见过的,再往北就是更加茂密的森林了,那里有着丰富的物产,包括很多的动物。他们会在那里打猎,直到很晚的时候。

今天的收获不多,但足够他们生活了,中午的时候,他们坐在桌前,享用着那美味的食物,就在这个时候,号角的声音却打破了平静。人类的侦察兵找到了这里,被精灵的巡逻部队抓住,暮雪放下手中的刀叉。他知道,那份平静又一次被打破了,他来到了国王的宫殿,看见几个人类跪在国王的面前,精灵王正在质问他们,但那两个人却什么也不肯说。精灵王为了保护自己的国家和人民,决定将那两个人类处死。暮雪跑到精灵王的面前,向国王行礼,并请精灵王听取自己的意见。

"这些人类是无辜的,我请求放过他们。"这场战争已经让太多的人流离失所,不能再因为一些小事,去随便判处别人的死刑。

"我是为了这里的安全着想,除非你有更好的办法。"暮雪思考了很久,他理解精灵王的决定,但他还是给出了自己的意见。

"我提议,可以将他们打入大牢,永远关在那里。"但精灵王却还是摇了摇头,这样的事情将来也许还会发生,他不能冒那么大的风险。

那两个男人听到这里,跪在了暮雪的面前,请求暮雪帮助自己。暮雪做出了一个重要的决定,拔出自己的剑,杀掉了其中一个男人,让另外一个男人把自己的口信带给国王。那个男人惊慌失措地逃离了这里。既然每一个选择都是危险的,不如给人类一个警告,但这同样也是危险的,人类可能会忽略警告,对精灵的城市发起进攻。这就是人类和精灵的不同,人类总是喜欢感情用事。

暮雪知道这样做的后果,的确,后来也应验了暮雪的顾虑。在几天之后,暮雪终于迎来了自己的老朋友,尼克在那一天的清晨突然造访。他是来告诉暮雪,人类即将对精灵城发起进攻,他从水晶球里已经看见了人类大军正浩浩荡荡地赶来。暮雪想过离开,但这无疑是将精灵置身于危险之中。暮雪打算留在这里,他本想和尼克好好叙旧,但魔法师好像天生不喜欢说话,说完那些事情,便匆匆地离开了。

和尼克说的一样,几天之后,人类终于来到了精灵城下,所有的精灵都来到了城墙之上,准备和人类决一死战。暮雪站在精灵之中,和人类的新国王说道:杀死国王的事情不能怪我,但我愿意承担一切后果。说着,暮雪抛下所有的人,走下了城墙,格雷尔站在不远处,看着暮雪离开的身影,她呼唤着暮雪的名字,但是暮雪却没有回头。他义无反顾地走到了新国王的面前,跪在了松软的草地上。

新国王下令,让他的手下把暮雪押回白色圣城,人类就这样从精灵城撤退,就当他们撤退的时候,恶灵偷袭了白色圣城。当所有的人回到城市的时候,白色圣城已经化作了一片废墟。国王绝望地站在废墟之前,人类最伟大的国家还是陨落了。国王终于低下了高贵的头颅,他尊敬地询问暮雪的意见。但暮雪只说了一句话:我会写信给法兰克,你们必须联合他们的力量。

国王还是将暮雪释放,虽然白色圣城毁于一旦,但人类的精锐部队并没有受到任何的损失,只要联合法兰克,恶灵就不敢贸然进

(十一) 报应

攻。寒冷的冬天终于过去,暮雪和国王道别,他立刻回到了精灵城市,在经历了这件事情之后,他请求精灵帮助人类。无论发生什么,暮雪总是藏着一颗不安的心。战争一天没有结束,他就一天不会安分。和从前一样,精灵又一次拒绝了暮雪的请求。

但暮雪并不打算放弃,当天,暮雪就找到了林枫,请求自己的朋友帮助自己,林枫没有拒绝,立刻找到了精灵王。他向精灵王诉说了这段故事,以及自己的国家是怎样沦陷的,如果精灵王不派兵增援,这座城市迟早也会陷落。精灵王最终还是决定派出精锐部队,立刻赶到法兰克的城市,现在那里有了一个新的名字,希望之城。于是,现在世界上最强的部队终于全部聚集在了这里,当然,要除去与世无争的法师。

所有的人都聚集在了一起,那天,暮雪又一次向格雷尔道别,如果不出意外,他们将会永远阻止这场战争。所有的勇士都聚集在希望之城,精灵王和两位人类国王,包括暮雪坐在会议大厅里,他们要商讨最后的策略。但精灵王却说,帮助人类是需要代价的,他要求人类给他十万金币的报酬。两位国王答应了精灵王的要求,但暮雪却知道,人类总是不可信的,但他却没有想到会发生之后的事情。

真正的大决战终于开始了,三方大军朝着敌人的城堡进发,但当他们来到城堡的时候,却发现城堡空无一人。正当他们疑惑的时候,敌人从山顶冲下,如同洪水一般,将所有的人围困在城堡前的空地上。在千钧一发之际,暮雪带领自己的朋友在敌军中杀出了一条血路,这才逃离了这里。这场战争还是以失败告终,当所有的人回到希望之城的时候,精灵王还是要求分到自己的报酬。

为此,人类和精灵发生了巨大的争执,人类拒绝履行自己的承诺,在会议之上,精灵愤然离场。在会议结束之后,暮雪立刻给格雷尔写了一封信:精灵和人类已经决裂,现在你面临一个选择,如果你还爱我,就请你离开这里,我会留在希望之城,等待你的消息。暮雪很久都没有收到格雷尔的消息,到了后来,暮雪已经失去了信心,他以为,格雷尔为了精灵放弃了自己。事情的真相是这样的,精灵王封锁了整个城市,禁止所有人进出城市。

（十二）节外生枝

终于,在不久之后的某一天,暮雪收到了格雷尔的信,她把精灵城的情况告诉了暮雪,在知道了这一切之后,暮雪独自一人来到了精灵的城市。初春,精灵的城市告别了冬季的萧瑟,到处都是一片五彩斑斓。暮雪在城门前停下,但精灵的弓箭手却对准了这位不速之客,暮雪对着城墙上的弓箭手说道:我是来见格雷尔的,请让她出来。城市守卫立刻把情况通报给精灵王,十分钟之后,城门终于缓缓地打开了。

精灵王骑着一匹白马从城门出来,他来到了暮雪的面前,脸上是一副高傲的表情。暮雪又一次重复了自己的话,但精灵王却不肯违背自己的命令,还扬言,如果暮雪还要坚持,精灵将会与人类开战。暮雪拔出了剑,一副视死如归的样子,精灵王也拔出了剑,也做出一副不甘示弱的样子。两个人在空地上展开了决斗,但暮雪渐渐败下阵来,在最后关头,暮雪从马上下来,从口袋里拿出了金币,再次恳求精灵王释放格雷尔。

这个时候,格雷尔也跑上了城墙,她看着自己心爱的男人,身上

骑誓

满是伤痕,他们都知道,如果精灵王再不答应暮雪的请求,暮雪一定会以死相拼。也许是因为精灵王看中那些金币,觉得一个女人也没有那么重要,他还是答应了暮雪的请求。但精灵王也提出了自己的条件,一年之后,暮雪必须把格雷尔送回这里,在之后的一年,他们才能见面。暮雪没有坚持,而是答应了精灵王的条件。格雷尔终于和暮雪离开了这座城市。在路上,格雷尔还是忍不住问暮雪:"你真的会答应精灵王的条件吗?"暮雪微笑着看看自己心爱的女人,那笑容看上去无比轻松,似乎真的是一位所向披靡的骑士。

"当然,一个骑士是永远不会食言的。"这一切都已经不再重要,最重要的是,他们可以安安稳稳地在一起,生活整整一年。

"那我受不了这样的生活,如果真的是这样,我们分手吧。"暮雪看着那个女人,脸上的笑容慢慢消失,好像世界上只有自己知道,承诺有多么重要。

"你知道我为什么活到现在吗? 就是因为彼此的承诺。"暮雪又一次想起了那场战争,如果不是彼此的承诺,对于朋友永不抛弃,不知道会发生什么可怕的事情。况且,自己刚刚避免了一场战争。

格雷尔似乎知道了暮雪的选择,她对着暮雪点了点头,随后朝着另外一个方向走去,但这一次,暮雪并不打算任由她那样离开自己。他一直跟在格雷尔的身后,不知道走了多久,格雷尔那天回到了黑暗森林,回到了自己的故乡。现在,那里只剩下了残破的景象,格雷尔坐在残垣断壁上,痛苦地哭泣着。暮雪站在不远处,静静地看着眼前的一幕,却不知道该做什么。天空下起了小雨,暮雪走到她的身边,请求她和自己离开。

(十二) 节外生枝

　　两个人一起站在雨中,随着雨水越来越大,他们已经浑身湿透,空气中到处都是泥土的味道。当格雷尔冷静下来的时候,她知道自己不能一直待在这里,这里只有无尽的黑暗和痛苦的回忆。暮雪也做出了决定,他答应格雷尔,等尘埃落定之后,就带着她去一个所有人都找不到的地方,一起去过美好的生活。两个人还是离开了这里,暮雪虽然故作平静,但他还是想起了最初的事情,那美好的一切。

　　他们回到了人类的城市,此时的城市一片萧条,经历了这么多的事情,他们有些人失去了亲人,有些人则失去更多。他们坐在街角,让人觉得悲伤且无奈,到处都是流离失所的人,暮雪用剩下的金币在城里买了一间小房子。终于,他们可以去过普通人的生活,但就在几天之后,人类的国王还是找到了暮雪,因为最近的情况,国王请求暮雪为国家效力,培养一批新的骑士。

　　暮雪没有答应国王的请求,他说自己只想去过平静的生活。暮雪在街角开了一家小酒馆,每天都守在自己的店里。傍晚的时候,酒馆渐渐热闹起来,因为暮雪的名声,很多有名的人物愿意来这里,捧暮雪的场子。暮雪就是在那天晚上,认识图拉肯男爵的。他是一个深沉的中年人,刚开始的时候,他从来不和任何人说话,但暮雪却一直注意着那个男人。他无论去哪里,都会带着自己的剑。

　　在某个晚上,国王的卫队突然包围了酒馆,说是要搜查要犯,却无法出示搜查许可,或是国王的命令。暮雪当场拒绝配合,并在众人面前拔出了剑,准备和那些卫兵决一死战,就在这个时候,图拉肯男爵拿着酒杯走了出来。他挡在了暮雪的面前,并对军官说道:我可以替暮雪担保,如果你有什么异议,可以和国王去说。听到这里,卫兵只能慢慢地退去。图拉肯转过脸,对着暮雪神秘地一笑,随手拿了两瓶酒,离开了酒馆。

从那之后,酒馆的生意就更好了,图拉肯会经常带着自己的朋友来这里,他的朋友很少,每次也都是些熟面孔。暮雪每次都会送他们一些点心,或是少收些钱,以表谢意。图拉肯几乎不和暮雪说话,他们之间也都是眼神上的交流,但暮雪知道,他一定是个有权有势的人,不方便和暮雪多说什么。有时候,暮雪会怀疑,他不愿意和自己交朋友,是在保护自己,他毕竟是一个政治家。

但国王还是会时不时地找暮雪的麻烦,国王要求暮雪每年都要上缴七成的税款,这对暮雪来说,是很大的一笔钱。到了后来,暮雪的生活开始拮据,甚至过着入不敷出的生活,他本来不想去找图拉肯,但是他已经无路可走。在那个晚上,当图拉肯来店里的时候,暮雪把他叫到了一边,把自己的情况告诉了图拉肯。图拉肯听完之后,只是微微一笑,答应会帮暮雪的忙,随后便离开了。

几天之后,暮雪收到了国王的密信,国王再次请求暮雪帮助他训练军队,条件是,可以把税款降至一成。这一次,暮雪心动了,不仅仅是因为心动,暮雪知道,图拉肯一定是为自己说了些什么。如果自己拒绝的话,不仅生活上没有了保证,而且将会失去一个有用的朋友。暮雪很晚才回到家里,格雷尔在客厅等待着他。他把今天的事情告诉了格雷尔,现在,他们都已经受够了颠沛流离的生活。

虽然,格雷尔并不希望暮雪接受那样的请求,但是,她知道那也是迫不得已的,和人类生活了这么久,她已经变得越来越像人类。

(十二) 节外生枝

当天晚上,暮雪就给国王回信,表示会答应国王的请求。但那一夜,暮雪睡得并不好,东方的威胁依然存在,一旦战争再次打响,自己一定又将奔赴战场,他不想过那样的生活。早晨的时候,格雷尔早早做好早餐,在离开的时候,她对暮雪轻轻地耳语:我永远不会抛弃你。当年,安娜也说过同样的话。

(十三) 一年之后

维拉已经集合了东方更加邪恶的力量,在遥远的黑暗边缘,他找到了第一纪元遗落的武器。那是一把威力无比的宝剑,剑刃燃烧着熊熊烈火,可以熔化世界上任何东西。他又一次策划发起一场进攻,这一次,这个世界将无力抵抗。人类、精灵、魔法师已经分崩离析,再没有什么能够阻止维拉的力量。他用自己的魔力培养出一批几万人的大军,他们是从地狱之火里成长出来的,几乎可以抵挡任何的攻击。

与此同时,暮雪也在训练自己的骑士军团,虽然那并不足以与恶灵对抗,但却是人类最后的希望。在那段平静的时期,暮雪常常会看着东方的群山,期待有什么指示,或是预兆,但是东方只有蓝蓝的天和一望无际的山峦。时间就这样过去,一转眼就是第二年的春天,维拉已经做好准备,把整个世界卷入战争的黑暗之中。但精灵王并没有忘记过去的事情,还有暮雪的誓言,暮雪并没有把格雷尔送回精灵城。

精灵王气急败坏,在这黎明前的黑暗,他率领几千人的精锐部

(十三) 一年之后

队,朝着人类最后的城市发起了进攻。当人类的村庄燃烧在战火之中的时候,已经为时已晚,人类立刻开始筹备与精灵的交战。他们派出了先头部队,去阻止精灵的前进,其中就包括暮雪的骑兵军团。在那个清晨,国王接见了暮雪,这位国王还算靠谱,但能力欠缺,他有着一腔热情,却不擅长指挥军队,更不擅长分析战局。

"这一次,我们应该放弃城市,而不是与精灵为敌。"暮雪还不知道恶灵的动向,但他隐隐感觉到,这一年里,一切都过于平静,就像是暴风雨前的宁静。

"为什么?给我一个理由。"国王问暮雪,更像是在征求暮雪的意见。但暮雪还是摇了摇头,他实在想不出什么理由。

"我没有办法回答你,那只是我的预感。"暮雪低着头,他知道这样并不能劝说国王放弃这座城市,他对此并不抱多少希望。

"对不起,我必须派你去前线了,我的朋友。"暮雪虽然知道,那个决定是错误的,但他还是恭敬地和国王道别,然后回到自己的住处。

接下去,他有两个小时的时间,他本来想和格雷尔道别,但他们却发生了激烈的争执。格雷尔希望暮雪留在这里,但暮雪却执意要前往战场。过去的事情又一次重演了,格雷尔要求和暮雪一同前往战场,但暮雪却拒绝了。格雷尔不知道暮雪过去的事情,她和暮雪争吵,这让暮雪伤透了心。在那个早晨,暮雪一个人离开了这座他热爱的城市,和自己的战友前往远处的村庄,和精灵拼死一战。

在远征的部队中,还有暮雪最好的朋友——法兰克,至于其他的人,暮雪并不熟悉,虽然他们曾经一起训练,但是暮雪并没有打算和他们深交。在那些人当中,并没有暮雪特别要好的朋友。但暮雪知道,总有人会在这场战争中牺牲,这是暮雪不愿意看见的。一路上,暮雪都特别沉默。法兰克看出了他的心事,他一直陪在暮雪的身边,虽然他从来没有说些什么。那是漫长的旅程,后来,就连暮雪也觉得疲惫,甚至难以忍受。

当他们来到国界线的时候,暮雪看见的是残破的村庄,精灵没有放过任何的活口,到处都是燃烧过的灰烬。他们还是与精灵相遇,那是精灵最为精锐的部队。暮雪隐藏在茅草地中,在清晨的时候,对精灵发起了进攻。由于精灵毫无准备,暮雪赢得了这场战争的胜利,精灵伤亡惨重,人类也损失了不少的战士。精灵终于朝着后方退去,但精灵王并不打算就此罢休,他集结了所有的军队,发疯似的返回了战场。

当暮雪还在埋葬遗体的时候,精灵对毫无防备的人类展开了进攻。暮雪的军队猝不及防,他们与敌人展开了近身肉搏。暮雪和法兰克骑着战马,好不容易冲破了敌人的防线,来到了精灵王的面前。两个人与精灵王展开了近战,现场一度混乱。但精灵王的力量远胜于人类,暮雪眼睁睁地看着法兰克倒在精灵王的剑下。暮雪对精灵彻底失去了信心,他下令所有的人撤退,回到了自己的国家。法兰克并没有阵亡,他不知道做了什么,当他回来的时候,虽然身受重伤,但他还活着。

暮雪发誓,无论如何,自己都不再相信精灵,就算是自己最好的朋友林枫,他再也没有给林枫写信。由于战争失败,暮雪成了遭人唾弃的对象,他把自己关在房间里,整整一天。格雷尔知道了一切

(十三) 一年之后

之后,亲自面见了国王,请求率领部队去帮暮雪报仇。国王没有同意格雷尔的请求,这毕竟是两个国家的战争,而不是私人恩怨。就在此时,卫兵冲进宫殿,惊恐万分地告诉国王,恶灵终于向人类宣战。

格雷尔识趣地退了下去,当格雷尔回到家里的时候,暮雪仍然把自己关在房间里,无论如何都不愿意出来。格雷尔只好把自己听见看见的,全部告诉了暮雪。房间里是一片死寂,暮雪缓缓推开房门,面色凝重,看上去一整天都没有休息。格雷尔知道他在思念自己的朋友,但是,现在的状况根本不允许他这样。他是人类世界最资深的骑士,就算是很多人唾弃他,在骑士中还是很有声望的。

在那天中午,暮雪找到了图拉肯男爵,去询问他的意见。图拉肯男爵早就知道了这个消息,他对暮雪说,这一切都是恶灵的阴谋,他们抓住了这个时机。现在是人类最危急的时刻,唯一的办法,就是劝说国王,让所有男女老幼一同走上战场。如果可以联合精灵,那是再好不过的了,但希望不大,因此还需要更多盟友的帮助。在那之后,图拉肯男爵在暮雪的耳边耳语着:据说只有你见过法师,这是最后的希望了。

暮雪在大战之前找到了国王,他们已经剩下不到二十四个小时,敌人就将兵临城下。他把自己的想法告诉了国王,国王冥思苦想,终于同意了暮雪的建议。在那天,暮雪一个人离开了城市,前往遥远的北方山脉。他花了整整一天才来到山脚下,此时,恶灵大军已经逼近城市,暮雪知道,已经没有时间了。他终于来到了法师的城堡,尼克接待了暮雪,刚一见面,尼克就知道了暮雪此行的目的。

"人类注定灭亡,我们不会帮助你们,但你可以留在这里。"暮雪不能理解他们的决定,因为他们早就知道了结局,在他们的眼里只有概率。

"我最爱的人还在城里,我需要你们的帮助。"尼克还是摇了摇头,他转过身,留下暮雪一个人,站在空荡荡的房间里。"你心中就没有爱吗?"暮雪对着那个背影大喊大叫,似乎已经丧失了理智。

"你根本不知道我经历了什么!"尼克突然暴跳如雷,暮雪不知道他为什么那么生气,但暮雪终于知道了尼克的软肋。

"你活该,失去那么多的东西。"暮雪依旧在对尼克大喊大叫。尼克走到暮雪的面前,给了暮雪一个耳光,对暮雪说了一句话:"我不是胆小鬼,我们现在就出发。"

（十四）黑化

在尼克还是个孩子的时候，在第一纪元的尾声，那场战争蔓延到了这座城市，虽然所有的法师尽力抵抗，但还是抵不过维拉的力量。他的父母死在了那场战争之中，尼克从小一个人长大，在所有人的接济下，终于成为一名合格的法师。过去了这么多年，他差一点就忘记了那些事情，但刚才，暮雪又一次唤起了他的记忆，那种悲伤的情绪，差一点就让尼克崩溃，他终于决定加入这场战争。

但当他们回到人类城市的时候，已经为时已晚，城市已经沦陷，到处燃烧着耀眼的火光，弥漫着滚滚浓烟。法师的大军释放了强大的保护咒，将整座城市包围在保护罩内，任何力量都无法侵入。随后，人类的力量和法师的力量汇合，和敌人展开了混战。敌人最终还是被击退，维拉也终于知道，想要拿下整个世界，就必须除去那强大的法师，但现在，以他的力量是不可能做到的。

维拉失落地回到了自己的世界，但因为这场大战，人类最后的城市也毁于一旦，人类成为真正的流浪者，在旷野中漫无目的地游荡。法师回到了自己的世界，继续自己平静的生活。就在这个时

骑誓

候,这场战争的消息传到了精灵王的耳朵里,不知道他是怎么想的,他竟然觉得,这是他消灭人类的最好机会。于是,他派出自己的军队,到处搜捕人类的幸存者,黑暗的时期终于降临。

暮雪和格雷尔终于重逢,但他们的心中却满是哀伤,他们不能去过从前的生活,和所有的人类一样,他们在世界的角落寻找着希望。他们带走了所有值钱的东西,在精灵开始追捕之前,他们把那些东西换成金币,随身携带。那是他们最后的希望,但不知道怎么回事,有人得知了这个消息。按理说,暮雪应该把自己的金币平均分给所有的人,但暮雪却没有那样做。在那之后,一个最不应该知道这个消息的人,得知此事并找到了暮雪。

"听说,你有钱却不肯分给我们。"那个人直截了当地问。暮雪并没有理会那个人,打算和格雷尔离开,但那个人一直紧追不舍,还扬言要把这件事情告诉国王。暮雪并不想让国王知道这件事情,于是,他给了那人一块金币。

"快走吧,别和任何人说起。"那个人并不打算就这样放过暮雪,他笑着看着暮雪,并没有离开的意思。暮雪感到疑惑,不知道这个人到底想要干些什么。

"你每个月都得给我一块金币,否则我不会替你保守秘密。"暮雪不屑地看着那个人,但他还是答应了那个人的请求。

但暮雪并没有履行自己的诺言,对于小人不必那样,在一个月后,当那个人再次找到暮雪的时候,暮雪用短剑杀死了那个男人。趁着夜色,暮雪将他的尸体埋葬,他没有亲人,因此没人知道这件事情,当然除了法师,他们无所不知。暮雪回到人们的中间,若无其事

(十四) 黑化

地睡到天亮,就连暮雪自己也不知道,自己的内心正在坠入黑暗。那一夜平静地过去,在第二天的清晨,守卫突然找到了暮雪,说是在不远的地方发现了精灵的部队。

这里方圆百里都是荒地,他们将无处可逃。暮雪率领自己的骑兵,准备来一个先发制人,他们先是佯攻精灵的军队,随后,把精灵的大部队引向北方。人类的战马相比于精灵的要稍逊一筹,没过多久就被精灵包围了。但谁也没有想到的是,此时,维拉的军队赶到了这里,将精灵的军队打退,将暮雪从精灵的手中救了出来。维拉并没有对暮雪的手下下手,而是将他们全部释放。

"我不会伤害你们,但你得帮我做一件事。"暮雪知道维拉想要做什么,他是邪恶的,暮雪自然不会相信他的话,可他毕竟救了自己,为了保护自己的朋友,他要做一个重要的选择。

"我考虑一下,你要我做什么?"暮雪给自己留有余地,他没有完全拒绝维拉的要求。维拉笑着看着暮雪,那笑容让暮雪胆寒。

"我要你杀掉国王,带领人类重新崛起,之后的事情我们再说。"暮雪什么也没有说,只是对着维拉点头,随后上马,朝着远方而去。

暮雪回到了人类的身边,那是一个不眠之夜。在凌晨的时候,暮雪早早地起身,来到了国王的身边,如果他想要下手,现在正是时候。暮雪还是拔出自己的剑,朝着国王刺去,国王的尸体是在几个小时之后被人发现的。那是天亮之后的事情了,暮雪和格雷尔站在人群的中央,所有的人都在等待着,等待着暮雪说些什么。现任国王没有子嗣,所有人的目光都落在了暮雪的身上,但暮雪并不想要成为国王。

骑誓

在犹豫了片刻之后,暮雪还是对所有的人说:国王是被精灵暗杀的,我不想当什么国王,但是,我会带领你们重拾从前的辉煌。在那之后,暮雪带领人们前往世界尽头,那是暮雪心中最美好的地方。他希望,在这一切之后,所有的人都能过上平静的生活。他们在海边建立了村庄,新的生活终于开始了。但暮雪的心里却始终阴沉,在所有人当中,只有暮雪知道事情的真相,就连格雷尔也不知道。

但他们还是过着平静的生活,早晨,当暮雪醒来的时候,格雷尔都会准备好早餐,他们看似和从前没有什么分别,但暮雪却变得沉默寡言。格雷尔还是发现了暮雪的异样,但她觉得,暮雪只是承担了太多的东西,她一直在劝慰暮雪,不要只沉迷于过去,但暮雪却一直那样下去。有时候,格雷尔会觉得他们的感情走到了尽头,但格雷尔不想放弃心爱的人,毕竟,他没有做什么对不起自己的事情。

深夜降临,暮雪独自一人走出房间,整个村庄一片寂静,天空中是漫天繁星,一切都是那么美好,而暮雪却不告而别,前往东方世界。他又一次见到了维拉,维拉坐在宝座之上,心满意足地看着暮雪,暮雪单膝跪地,低下了高贵的头颅。维拉请暮雪起来,然后走到暮雪的面前,暮雪面色平静,心里已经没有了任何波澜。

"很好,我的朋友,我会给你力量,现在是向精灵开战的时候了。"暮雪点点头,精灵已经让暮雪失望透顶,他并未觉得这件事情有什么不妥。

"主人,我会听从你的命令,请给我指示。"维拉将自己的右手放在暮雪的额头上,一道黑暗之光闪现,暮雪得到了强大的力量,现在,他的力量已经足以与精灵抗衡。

(十四)黑化

"你去吧,带领你的骑士,去实现自己的诺言。"暮雪离开了黑暗之城,他神不知鬼不觉地回到了人类的世界。

在那个清晨,天空中是耀眼的朝阳,暮雪吹响了集结的号角,并下令向精灵开战。就在暮雪离开之前,格雷尔却找到了暮雪。她不能理解暮雪的决定,并请求暮雪不要那么做,但暮雪却推开格雷尔,义无反顾地率领军队朝着西方狂奔过去。他们来到了精灵城下,暮雪叫嚣着,让精灵王出来受死。精灵王高傲地打开城门,以为这一次会和从前一样,但战争开始的时候,暮雪仅一人之力,就将精灵王重伤,夺下了这座城市。

（十五）暗影骑士

　　精灵剩下的人，包括精灵王全部成了囚犯，被关在人类最黑暗的地牢里，过着艰苦的生活，精灵的时代还是结束了。在那之后，暮雪突然离开了村庄，离开了他曾经挚爱的一切，他选择真正的自我放逐。他前往了东方，在人类的城市和死亡之地间游荡，他靠着打猎为生，把打来的猎物卖给其他的人类为生。时间一天一天地过去，人类终于将过去的事情遗忘，也忘记了暮雪和他曾经做过的一切。

　　荣耀不再，暮雪的心里平静无比。晚上，他坐在酒馆里，等待时间的流逝，他每天都会来这家酒馆，坐在角落里，看着陌生的人群，似乎是在等待着别人的接近。但是，却没有人接近暮雪，对此，暮雪已经习以为常。他坐在窗边，喝着苦涩的啤酒，虽然如此，他却不会让自己喝醉。自从刺杀了国王之后，他每天都噩梦连连，害怕会有人知道真相，来这里找他报仇，或是伸张正义。

　　酒过三巡，暮雪准备离开酒馆，他现在住在森林的深处，在没有人找到的地方，暮雪建了一座木屋。他回到了森林里，回到了自己

（十五）暗影骑士

的小房子。但当他进门的时候，却发现房门竟然半掩着，有人找到了这里。暮雪拔出剑，小心翼翼地打开了房门，在黑暗中，暮雪看见了一个黑影，他对着那黑影大吼道：你是谁？想干什么？在黑暗之中，一个蓝色的光球冉冉升起，仿佛海绵体上初升的太阳，那光线逐渐变强，暮雪看见尼克正坐在餐桌前。

随后，蜡烛燃起了微弱的火焰，暮雪收剑，坐在了尼克的对面，暮雪知道他为什么会来这里。但面对自己的朋友，他却一个字也说不出来。就算是尼克不说，暮雪也知道，精灵已经陨落，现在，就算是法师也无法阻止这场战争，整个世界都岌岌可危。但暮雪却冷漠地坐在那里，只是看着尼克，一脸悲伤的样子。

"我知道你在想什么，我不是为了那件事情而来，我只是来见一个老朋友。"暮雪不相信他说的话，他冷冷地一笑，似乎没有任何的情感。

"我不是你的朋友，我得请你离开。"要是别人，一定会和这个朋友绝交，但世界上，也只有法师能看透一个人的心思。暮雪无比孤独，对这个世界已经绝望透顶。他独自躲在这里，只是不希望战争再一次夺走心爱的东西，但那却是懦弱的。

"当初，你请我参加战斗，我救了你最爱的人。"暮雪的胸口不禁一阵酸楚，他想起了格雷尔，又想起了安娜，当初，在第一纪元的时候，法师并没有出手援助。他的心里燃起了火焰，吞噬了所有的理智。

"滚，永远不要回来！"尼克只能从座位上站起来，随着淡淡的蓝色光线，尼克消失在了一片黑暗之中。暮雪浑身瘫软地坐下，几乎

骑誓

就要崩溃。

就在那一天的深夜,暮雪又一次得到了维拉的讯息,他要求暮雪替他组建一支骑士军团,并让暮雪挑起两个种族之间的战争。第二天清晨,暮雪就拿出了自己所有的积蓄,来到人类现存最大的城市。因为金钱的诱惑,很多年轻人加入了暮雪的队伍,那些人很多都是可怜的流浪汉,他们无处可去,只能跟随暮雪。他们并不知道维拉的阴谋,暮雪只是告诉他们,有人杀了国王,我们要为国王报仇雪恨。

在一段时间的训练之后,暮雪让那些人穿上了恶灵的灰色斗篷,并告诉那些年轻人,他已经找到了杀害国王的凶手,那个人正躲在世界尽头。所有的骑士满腔热血地冲向前线,暮雪戴着黑色的面纱,骑着黑色的战马,跑在所有人的最前面。当他们抵达世界尽头的时候,人类被打得措手不及。所有人都以为那是恶灵的大军,只有格雷尔认出了暮雪。当整个村庄即将沦陷的时候,格雷尔挡在了暮雪的面前。

但暮雪却没有理会,格雷尔失望地拔出自己的剑,刺向了暮雪的胸口,要不是暮雪手下留情,格雷尔根本就不是暮雪的对手。暮雪用剑柄击中格雷尔的额头,她倒在地上昏迷了过去。人类和恶灵的战争又一次开始了,不过这一次,是由人类发起的战争。当格雷尔醒来的时候,发觉整个村庄都被夷为平地。她悲伤地看着那片废墟,原本以为平静的生活,被自己心爱的男人毁于一旦,她的心里尽是哀伤。

她决定去找暮雪问个清楚,当初暮雪不告而别,一定是发生了

(十五)暗影骑士

什么,或是有什么难言的苦衷,但没有人知道暮雪的下落。于是,她又一次穿上白色的斗篷,开始了新的旅程。但暮雪的行踪总是神出鬼没,每一次,格雷尔都晚暮雪一步。人类又一次陷入了战火,战火蔓延开来,一座又一座的城市毁于一旦。终于,格雷尔决定停下脚步,她开始回忆之前的种种,也开始慢慢怀疑,这一切都是一个阴谋。

暮雪下一站将去哪里?她想起了暮雪曾经说过的话,在那雪山深处,或许真的有不为人知的秘密。格雷尔在那之后,前往北边的雪山,在大山深处,她好不容易找到了法师的城堡,见到了传说中的魔法师。尼克友好地接待了格雷尔,但他却劝说格雷尔不要去找暮雪,并对格雷尔说,人类的时代已经结束。但格雷尔却坚持要知道事情的真相,尼克叹了口气,带领格雷尔走到了水晶球前,把手放在了格雷尔的肩上。

在一片黑暗之中,格雷尔看见暮雪杀害了国王,并且臣服于维拉,他已经受到了黑暗势力的蛊惑。格雷尔伤心欲绝,她从法师那里得到了暮雪的下落,立刻离开了城堡,前往更加遥远的世界。几天之后,格雷尔终于赶上了暮雪,他正率领着大军朝着人类下一座城市进发,格雷尔骑着战马飞驰而过,挡在了暮雪的面前。所有的人都停下了脚步,看着那个奇怪的女人,那不是个人类,看上去更像是一个精灵,尽管精灵的时代已经结束。

暮雪从马上下来,依旧戴着黑色的面纱。他来到格雷尔的面前,拔出自己的剑,架在了格雷尔的脖子上,但格雷尔却没有退却。暮雪的手在微微地颤抖,他最终还是放下了剑。格雷尔依旧站在那里,似乎是要以一己之力,挡住三千骑士的去路。所有的人都在看着暮雪,在等待他下达最后的命令,但格雷尔却对那些骑士说道:"你们面前的这个人,就是杀害国王的凶手,如果你们不相信,可以亲口问他,看看他敢不敢承认。这一切都是一个阴谋,他已经受到了黑暗的蛊惑,你们是在残杀自己的同胞。"那些骑士面面相觑,但他们没有勇气,暮雪的力量实在难以抵挡。就在这个时候,维拉从天而降,走到了暮雪的面前:"你做得很好,接下来的事情,就交给我吧。"

（十六）暗战

所有的骑士都目瞪口呆,原来,他们敬仰的骑士,已经投靠了黑暗势力。他们放下手中的剑,用一种异样的眼光看着暮雪。但他们却不敢与维拉为敌,他的力量实在太过强大。维拉走到了格雷尔的面前,看着那位勇敢的骑士,当着所有人的面,举起了那把烈焰之剑,红色的火焰染红了整片天空。

"我尊重你,恳请你加入我。"维拉假惺惺地说道,一边说着,还一边把剑刃对准了格雷尔。暮雪没有上前,格雷尔看着暮雪,像是个英雄那样,高昂着自己的头颅。

"就算是我最爱的人已经加入你,我也不会顺从。"格雷尔举起剑,准备和那强大的敌人决一死战,所有的人都看着眼前的一幕。暮雪仍然站在原地,一动不动。

"格雷尔,这个世界已经变了,你看不出来吗?"暮雪平静地说着,不知道是看透了一切,还是根本就不在乎自己心爱的人。

"我爱你,但我不会和你同流合污。"说着,格雷尔上前一步,用自己的剑朝着维拉刺去,但随着一声巨响,伴随着耀眼的白光,格雷尔的剑断成了两截。格雷尔也深受重创倒在了地上。

暮雪这才冲了上去,蹲在了格雷尔的身边,但格雷尔却甩开了他的手,用身边的残剑狠狠地刺向暮雪。那刀刃划过暮雪的脸,那面纱飘向远方,暮雪的脸上多了一道长长的伤痕。暮雪并没有流泪,而是心痛地看着自己的女人。那一刻,暮雪知道,他们也许再也不可能在一起了。暮雪恳求维拉放过格雷尔,维拉假装宽容,放过了格雷尔,随着一道黑烟,维拉消失在众人的面前。

看过眼前的一切,所有的骑士都站在了格雷尔的身边,两个人从地上站起来,暮雪几乎能闻见脸上的血腥味。他们两人对视了许久,格雷尔似乎在质问暮雪,愿不愿意和她离开,但暮雪却没有任何的反应,甚至连一点犹豫也没有。格雷尔带着所有的骑士朝着远方走去,和第一次见面的时候一样,暮雪看着格雷尔慢慢走远,消失在那遥远的地平线。暮雪一个人没落地回到了荒芜的东方,现在,他的身边就只剩下了黑暗的维拉。

维拉狠狠给了暮雪一个耳光,似乎对暮雪非常失望。暮雪摔在冰冷的地面上,他满眼泪光地看着维拉。那根本就不是自己的朋友,而是在用强大的黑暗力量控制暮雪,但暮雪已经无法回头。就算是暮雪逃到天涯海角,维拉也会找到自己。就在那一天,维拉给了暮雪一个重要的任务,让暮雪去监视格雷尔,如果她有什么过激的举动,一定要先斩后奏。暮雪从黑暗之中站起身来,对着维拉行礼,然后毕恭毕敬地退了下去。

暮雪离开了东方,暂时成为自由之身,世界上的人都知道了那件事情,更多的人加入了格雷尔的阵营。暮雪不得不隐藏身份,才

（十六）暗战

能在人世间苟且偷生。现在就连自己最爱的人都不能够理解自己，这是让暮雪最为心痛的。他一直跟随着格雷尔的踪迹，一直到了世界的最北端，那里远离东方，也远离过去的回忆。格雷尔一定是想要忘记过去的事情，她在那里建立了自己的城市，成为这座城市的第一任女王。

暮雪化身一个普通人，进入了这座城市，买下了闹市一家小酒馆。现在，暮雪容颜尽毁，就算是从前的朋友，也认不出他。但在不久之后的一个子夜，当暮雪准备打烊的时候，一个熟悉的老朋友却造访了这家酒馆。酒馆里空空荡荡，所有的酒客都已经离开，暮雪朝着门口走去，但大门却被打开，图拉肯男爵走了进来。他无比落魄，而且无比瘦弱，看上去好几天没有吃东西了。

自从国王被杀之后，图拉肯就失去了爵位。当他走进店里的时候，并没有认出暮雪，还卑微地请求暮雪给他一些干面包。但暮雪一眼就认出了那个男人，他于心不忍，从柜子里拿出了些面包，还为他倒上了一大杯红酒。图拉肯不知道暮雪为什么对他那么好，但还是对暮雪表示感谢。他们像是老朋友那样，坐在桌前一起吃东西聊天。这让图拉肯有了一种久违的感觉。

"你让我想起了一位很久之前的老朋友。"暮雪知道他是在说自己，但奇怪的是，图拉肯并没有提起自己的名字，甚至没有多说一句。

"我知道你说的是谁，谢谢你还把他当朋友。"暮雪看着图拉肯狼吞虎咽的样子，一时间不想打断那个人，他看上去饿急了。

"你知道我说的是谁？"图拉肯突然放下手中的面包，惊诧地看着暮雪。他仔细打量着眼前的这个男人，但暮雪的变化实在太大了，他根本就想不起来，只是觉得，暮雪给他的感觉非常的熟悉。

"我参加过无数的战争，他也是我的好朋友。"暮雪情不自禁地想起了之前的光辉岁月，但图拉肯却黯然失色地低下了头。

"那可辛苦你了，人人都在咒骂那个男人。"图拉肯终于平静下来，他继续吃着手里的面包，一个接着一个，似乎永远不会吃饱。

"你不觉得他是活该吗？"暮雪突然那么说着，就连暮雪自己都不知道，为什么自己会那样说，但这还是让暮雪觉得很不舒服。

"他一定有自己的苦衷，也许是对人类真的失望了吧。"暮雪听到这里，差一点就向图拉肯表明身份，但他还是把嘴边的话咽了下去。

图拉肯吃完面包，再次对暮雪表示感谢。暮雪原本应该留他住在这里，但他还是害怕会有人知道自己的身份，这是十分危险的。暮雪看着自己的朋友离开，然后，一个人坐在那里偷偷地哭泣。暮雪很久才回过神来，他走出酒馆，关上了大门。街道上空空荡荡，图拉肯不知道去了哪里，整条街上只剩下了暮雪一个人。那天，暮雪步行回家，一整夜都没有入睡。

格雷尔行事非常低调，且行踪隐匿，大概是经历了之前的事情，害怕被自己的敌人下手，加上暮雪对自己了如指掌，她也更加小心了。在这里生活的几天里，暮雪并没有见到格雷尔，他也不敢前往王宫。格雷尔一定迫不及待地想要抓住自己，甚至想把自己碎尸万段。但他却仍然在等待着，等待一个除去格雷尔的机会，在那之后没多久，他就把图拉肯忘得一干二净。

（十七）暗杀

这座城市的夜晚总是特别美好,暮雪结束了一天的工作,回到了那小小的房间,房间里空荡荡的。暮雪早早地躺在床上,等待着这一天的结束。当暮雪关灯之后没过多久,他似乎听见了开门的声音。那是极其微弱的声音,暮雪还能听见细微的脚步声,一定是有人找上门来。暮雪并没有点灯,也没有从床上起来,而是紧紧地握住身边的剑,那脚步声越来越近,暮雪突然拔出剑,对准了那个黑影。

在黑暗之中,暮雪和那个黑影展开了搏斗,随着暮雪的剑刺入他的胸口,那个身影倒在了地上。暮雪站在那里很久,他心惊胆战地看着地上的尸体,过了好几分钟才点燃了床头的蜡烛。暮雪并不认识那个年轻人,但他却知道,一定是自己的身份暴露了,或者是维拉因为什么原因,派人来杀害自己。无论是什么原因,自己在这里已经不安全了,但他还是选择留在这座城市。

但怎么处理尸体,成了一个难题,如果被别人发现,那会是件更加危险的事情。在那个深夜,暮雪把尸体装进了麻袋,并把地上的血渍清理干净。他离开了自己的房间,把尸体埋在了城外的山坡上。但不知道怎么回事,这件事情还是被巡逻兵知道了,第二天的清晨,暮雪的家便迎来了卫兵的搜查。他们发现了暮雪的剑,那并不是一把普通的剑,而是一把属于骑士的佩剑,在那之后,他们发现了尸体。

但由于证据不足,暮雪并没有被定罪,而是被暂时拘捕,在那黑暗的一天,暮雪被关在了冰冷的地牢里。地牢里关押着其他的凡人,其中还包括精灵的战俘。他们在地牢里被关押了无数个日夜,已经被折磨得不人不鬼,精灵的心开始腐化,失去了长生不老的能力,外表也发生了极大的变化,不再是当初优雅平静的面容,而是变成了一副如同魔鬼般苍白、消瘦的面孔,几乎瘦弱得只剩下了皮包骨头。

暮雪被关在了走道尽头的牢房,外面就是无边无际的悬崖,地牢是世界上最恐怖的地方,不仅不知道白天黑夜,有时候还能听见恐怖的声音。直到此时,暮雪才知道自己一定是遭到了别人的陷害。有时候,在牢房里能听见别人的哀号声,还有别人自言自语的声音。暮雪本想和隔壁的狱友说些什么,但暮雪发现,隔壁的那个人已经精神失常,经常一个人胡言乱语,半夜还有梦游的习惯。

不知道过去了多久,暮雪听见从外面传来了脚步的声音,那绝对不是犯人的脚步声,而是守卫的脚步声。那声音越来越近,暮雪祈祷他们不要来找自己,但那脚步声还是停在了暮雪的牢门外。大门被缓缓地打开,几个卫兵将暮雪架了出去,把他带到了一个陌生的房间。那是一间审讯室,四周没有窗户,只有桌上的蜡烛散发着

（十七）暗杀

点点微光。让暮雪没有想到的是，就在几分钟之后，格雷尔从外面走了进来。

"我们还是见面了，说说你的事情吧。"格雷尔冷峻地说道，和之前那个女人简直判若两人，似乎心里根本没有一丝的情感。

"那个人是我杀的，但我们都知道，那是个阴谋。"暮雪的心里也格外的平静，他知道，自己已经无力回天，过不了多久，他就会被押上绞刑架。

"没错，那个人是我派去的，没想到竟然被你杀死了。"于是，格雷尔只好用这种方式将暮雪关进牢房，并陷害暮雪，为了保护人类的世界。

"我不会再为维拉做事了，我现在只想过平静的生活。"暮雪自己都不相信自己的话，自己明明是留在这里监视格雷尔的。

"我再也不会相信你，再见了。"说完，格雷尔走了出去，暮雪又一次被丢进了牢房里。他的刑期被定在了三天之后的中午，那天是暮雪的生日。

没有人知道暮雪是怎么度过这三天的，他的心中满是悲痛，没有想到迎接死亡竟然是这种感觉。他没有战死沙场，却被自己心爱的人设计。他终于知道，自己做出了一个错误的选择，但已经为时已晚。当他被押上绞刑架的时候，一抹阳光洒在他的身上，似乎曾经的光明骑士又一次回到了人类之中。但每个人都仇恨地看着那个男人，仿佛是在看着自己的敌人，暮雪没有勇气朝着人群中看去。

格雷尔就站在阳台上，他们都在等待着时间的到来，那可能是这座城市最重要的时刻，毕竟，已经有一年多没有人被判处绞刑了。

就在千钧一发之际，法兰克突然从人群中冲了出来，站在了格雷尔的面前。他以朋友的身份，请求格雷尔放过暮雪。格雷尔没有理会法兰克的请求，依旧固执地要求立刻行刑。法兰克却冲上绞刑架，将暮雪脖子上的绳索砍断，带着暮雪骑上了自己的战马，迅速离开了这座城市。

因为这件事情，法兰克已经不能回去，如果他回去，将会以叛国罪被判处死刑。他和暮雪在平原上游荡，不知道该去哪里，暮雪突然想到了那些魔法师，或许他们可以收留自己。他们又一次马不停蹄地前往北方的寒冷之地，在一片雪山之中，他们找到了那座城堡，但魔法师却不愿意接受他们。这两人毕竟是人类的囚犯，他们害怕和人类再度发生战争，如果那样，维拉就一定会统治这个世界，世界将陷入无边的黑暗。

但魔法师还是给他们指明了方向，他们可以前往最北端的冰雪之地，那里终年积雪，气候条件恶劣，没有人会找到那里，但他们必将过上最艰苦的生活。他们两人根本没有选择，只好听从法师的忠告，继续朝着北边进发。不知道什么时候开始，那冰雪山脉慢慢消失，取而代之的是白色的冰雪平原。他们在山脚下建起了自己的房子，是用这里的寒冰建成的房子，他们在那里过着艰苦的生活。

（十八）追杀

因为这里食物匮乏，暮雪他们过着艰难的生活。他们经常饥肠辘辘，在经过了一段时间之后，已经瘦骨嶙峋。暮雪不得不离开那极寒之地，每过一段时间，都会去外面的村庄采购食物和生活必需品。几乎是在与此同时，格雷尔向全国发布通缉令，追捕暮雪和法兰克，因此，暮雪过得更加小心翼翼。在那寒冷世界的边缘，消息格外闭塞，他们并不知道暮雪的身份，也不知道那通缉令的事情。

但通缉令在几周之后还是贴满了大街小巷，暮雪不得不更加小心，在那天傍晚，他们的食物又一次耗尽。暮雪在离开之前向法兰克道别，说了一些伤感的话：我不知道自己能不能回来，如果明天一早我还是没有音讯，请你离开这里。法兰克没有说话，当暮雪离开之后，他早早地收拾好行李。就连法兰克也觉得这一次凶多吉少，那算是一种预感吧。当暮雪再次来到村庄的时候，并没有发现什么异常，一切都非常顺利。

他在熟人那里买到了一周的食物，随后便准备立刻离开，但那个人却让暮雪等一等,说是有什么重要的东西要交给他,随后便出门去了。暮雪觉得不对劲,并没有在那里等待,而是朝着回去的道路走去。但很快,他就发现整个村庄都被卫兵包围了,他不能在这里逗留,只能硬着头皮朝着外面走去。

"你是谁?请出示证件。"暮雪根本就没有什么证件,他拿出了自己的佩剑,那是骑士的信物,只要是识货的,一眼就能认出。"对不起,大人,我想这不足够证明您的身份。请出示证件。"

"你们是想拦长官的路吗?我还有要事要办,请你们让开。"暮雪故意装出生气的口吻,但那些人似乎并不打算这么放过暮雪。

就在这个时候,法兰克突然赶到了,他把一封赦免文件交给了卫兵,上面是那样写的:无论发生什么,我都会赦免法兰克以及暮雪,我会铭记他们为国家做出的贡献。虽然,文件上的签名是老国王的名字,但士兵还是犹豫了。所有的人面面相觑,似乎在等着他们的长官做出最后的选择。长官不愿意惹麻烦,他知道自己根本就不是骑士的对手,但这件事情还是传到了格雷尔的耳朵里。

当那名卫兵回到城市的时候,格雷尔立刻判处他死刑,一时之间整个世界陷入了一片白色恐怖之中。在那之后,格雷尔立刻率领大军来到了极寒之地的那座村庄,因为那里靠近法师的城堡,格雷尔偏激地以为,暮雪一定是在法师那里避难。于是,在第二天的清晨,格雷尔率领所有的部队,朝着法师的城堡发起了进攻。虽然尼克几次告诉格雷尔,暮雪并不在他们那里,但她却什么也听不进去。

(十八) 追杀

格雷尔的大军还是向法师发起了进攻,但由于法师军队的力量远远要强于人类,人类的军队很快便败下阵来。那简直就是腥风血雨的一天,人类的部队死伤惨重,却仍然没有发现暮雪的踪影。但格雷尔并不打算罢休,她亲自带领剩下的卫兵守在那村庄里,等待着暮雪的再次出现。但在那之后,暮雪却再也没有出现过。

在那场大战之后,尼克终于找到了暮雪,并同意暮雪他们在法师的城堡生活。在经历了一切之后,法师的城堡受到了重创。当暮雪来到这里的时候,所有的法师都在重建这座城市,因为法师的魔法,这座城堡很快便恢复如初。但暮雪还没来得及休息,尼克就把暮雪带到了水晶球的房间。暮雪透过水晶球看见,整个世界都陷入了战火之中,就连法师的城市也不能幸免。

"如果这样下去,世界最后的希望也即将消失。"尼克平静地对暮雪说,似乎早已把生死置之度外。

"我不会让这样的事情发生,请告诉我该怎么去做。"暮雪并没有放弃希望,但他仍然感到迷茫。他看着尼克,似乎是在等待,祈祷这个世界可以回到最初那平静的年代。

"你不能再为维拉效命,虽然你可以留在这里,但人类面临威胁,你必须回去劝说格雷尔。"暮雪沉默了,他不知道怎么重新得到格雷尔的信任。"不要放弃,想想格雷尔为你付出的。"

暮雪想起了从前的种种,那美好的,还有黑暗的。暮雪还记得在那最黑暗的时期,格雷尔是如何站在维拉的面前,那种勇敢,是自己都无法做到的。想到这里,他的心中更加坚定,他让法兰克留在这里,自己重新穿上了铠甲,在当天中午就离开了法师的城堡。他

骑誓

只身一人来到了村庄,卫兵将暮雪团团围住,随后,押着他去见了格雷尔。格雷尔正一个人坐在房间里,看着无边的黑暗,她感到了前所未有的孤独。

当暮雪进来的时候,格雷尔还是丧失了理智,她拔出剑要杀死暮雪,但就在这个时候,暮雪却对着格雷尔说:你是个勇敢的人,我错了,请别放弃希望。说着,暮雪闭上了自己的眼睛,格雷尔终究还是没有勇气下手,特别是在听到这句话之后。她也想到了曾经的一切,要不是这些日子无休无止的争斗,这个世界根本就不会变成现在的样子。格雷尔终于放下了手里的剑。

他们应该立刻去阻止战争,但以人类现在的实力,根本不是维拉的对手。格雷尔也终于知道,维拉为什么一直在等待,就是在等待人类自相残杀,最后将整个世界卷入黑暗。在那之后,他们还是离开了北方,回到了人类的世界。暮雪在离格雷尔不远的地方建立了一座人类的城市。曾经,暮雪根本就不想当什么国王,然而现在,他却真的成为一国之主,命运总是充满了讽刺。

虽然这对恋人经历了爱恨离合,但是两个人却依旧心意相通,暮雪经常会来格雷尔的国家,格雷尔的国家也欢迎这位老朋友。他们会经常坐在一起下棋,喝茶,一起外出旅行,他们见识过了更多的美景,还有荒凉。但他们的时间毕竟不多,在遭受了这么多之后,暮雪已经显现出苍老的面容。而格雷尔却依旧年轻漂亮,因此,暮雪经常觉得自卑,和格雷尔的关系也变得若即若离。

格雷尔也感觉到了暮雪的变化,于是,在不久之后的某一天,格雷尔提出和暮雪结婚,但暮雪却突然离开了。他知道自己没有办法

(十八) 追杀

和那个女人共度余生,自己必定会先她一步。于是,暮雪回到了自己的国家,很久都没有和格雷尔来往。格雷尔又一次陷入了悲痛之中,她也去找过暮雪,可暮雪一直闭门不见。格雷尔只能再次去向魔法师寻求帮助。

（十九）死而复生

人类的势力终于开始壮大，但格雷尔却心存悲伤，她独自来到了冰雪世界，此时，维拉也得知了暮雪策反的消息。他派出了自己的巡逻队，将格雷尔抓到了黑暗世界，并囚禁在死亡之地。格雷尔在无尽的黑暗之中等待，她的生命正在消亡，暮雪是在几天之后得知这个消息的。虽然暮雪已经对精灵失望透顶，但林枫来到这里的时候，暮雪还是接待了他。林枫把格雷尔的消息转达给了暮雪，随后便离开了。

他知道，法师一定不会参与人类的事情，他来到了格雷尔的国家，并请求他们骑兵的帮助。就这样，两个国家的骑兵又一次联合在了一起，他们朝着东方世界冲去。骑兵彻夜不眠，当他们赶到黑暗城堡的时候，维拉的部队正在等待着他们，黑暗大军聚集在城外，他们早就知道，暮雪会发起进攻。暮雪和那些妖魔鬼怪展开了战斗，这一次，人类终于占据了上风。

但就在暮雪即将胜利的时候，维拉率领着黑暗骑士从城堡里冲了出来。暮雪让所有的骑士守住阵地，自己朝着维拉冲了过去。巨

(十九) 死而复生

大的龙骑士从暮雪的头上飞过,恐惧在人类的心里蔓延。随着炙热的火焰从恶龙的口中喷射而出,整个谷底陷入了一片火海。突袭的意义已经丧失,但暮雪并不打算退去,这也是人类最后的机会。终于,暮雪站在维拉的面前,他双手持剑,准备和维拉决一死战。

维拉举起那火焰之剑,朝着暮雪砍了过去,随着一声巨响,暮雪消失得无影无踪,所有的骑士都沉浸在悲伤之中。暮雪终于战死战场,但他的灵魂并没有消亡,被囚禁在无边无际的黑暗虚空之中,在那里没有时间,也没有温暖。人类的骑士四散逃开,就在这个时候,法师的军队终于赶到,他们重创了维拉,使他失去了自己强大的力量,变成了一个普通人,每天都在黑暗之中等待着死亡。

格雷尔终于被解救了出来,但暮雪已经不在。格雷尔来到了法师的世界,希望能得到法师的帮助,希望能让暮雪的灵魂得以复活。但法师却告诉格雷尔,这种选择是要付出代价的,需要以一个人的死亡作为交换。但格雷尔没有犹豫,她宁愿放弃自己永生的能力,换取暮雪的百年生命。尼克叹了口气,世界上的人总是这样,为了自己心爱的人,愿意放弃一切,于是,所有的法师聚集在了一起。

他们把格雷尔围在中间,法师释放了强大的召唤咒语,把暮雪的灵魂召唤到水晶球中,并用魔力复原了暮雪的身体。但这样做是有代价的,不仅仅要一个人付出自己的生命,而且召唤者复活之后,将忘记生前的一切。当暮雪睁开眼睛的时候,他茫然地看着身边的一切。格雷尔朝着暮雪走去,但暮雪却朝着后面退去,随后头也不回地离开了这里。格雷尔一个人站在那里,满眼泪水地看着暮雪离开的背影。

骑誓

格雷尔回到了人类的世界,为了暮雪,她一直尽心尽力统治着人类的世界,希望暮雪有朝一日可以回来。但暮雪很久都没有回来,谁也不知道他去了哪里,维拉虽然失去了力量,但他还是掌控着势力强大的黑暗军队。但世界终究还是恢复了久违的平静,当暮雪离开冰雪城堡之后,他在世界上漫无目的地游荡,最终停留在了一座小镇上,那是暮雪最快乐的时光,每天都过着无牵无挂的生活。

有时候,暮雪会和镇上的居民聊天,他们都说曾经有一位勇敢的骑士阻止了世界末日的降临,虽然暮雪并不知道,但他仍然幻想自己能成为一名骑士。他每天都会练剑,很多人都觉得奇怪,世界已经和平,为什么每天还要练剑。人类的势力愈发强大,格雷尔也下令释放所有囚禁的精灵。但那些精灵因为长时间被黑暗侵蚀,已经不再是原先的精灵,他们满心仇恨地投靠了维拉。

维拉的势力也慢慢壮大起来,就在不久之后,尼克不远万里找到了格雷尔,世界已经改变,因为暮雪的壮举,整个战争很有可能走向光明。但人们需要一个领袖,去指引他们走向胜利,格雷尔必须找到暮雪并唤起他的记忆。于是,格雷尔派出一队精锐的骑兵,在世界各地寻找暮雪的下落。与此同时,维拉也得到了消息,并派出军队,想要抢在人类之前将暮雪抓住。

终于,在不久之后的某一天,格雷尔还是打探到了暮雪的下落,她亲自率领卫队前往那座小镇。在镇上,格雷尔终于见到了暮雪,他正过着清贫美好的生活。老实说,格雷尔不愿意打扰暮雪的生活,但迫不得已。她让卫队守在镇外,自己走进了那座小镇。当她看到暮雪的时候,还是忍不住地流泪。

(十九)死而复生

"我是格雷尔,你还认识我吗?"暮雪看着这个陌生的女人,摇了摇头,但不知道为什么,看着格雷尔哭泣,他还是会觉得伤心。

"请问你有什么事吗?"暮雪感觉不知所措,像她这么尊贵的女士,为什么会找到自己,这让暮雪摸不着头脑。

"你曾是一名骑士,为了拯救世界,不惜失去自己的生命。"格雷尔对暮雪实话实说,但暮雪却将信将疑,直到格雷尔拿出了暮雪的剑,上面刻着暮雪的名字。

"我能为你做什么?"暮雪并没有惶恐,而是平静地问格雷尔。岁月的痕迹也爬上了格雷尔的眼角,那皱纹似乎是在诉说着曾经的辉煌。

"这个世界需要你,我也需要你。"格雷尔忍不住自己的情感,冲到暮雪的面前,将他紧紧地抱住。

那天,暮雪终于答应格雷尔,和她一起离开这里。但就在这个时候,格雷尔发现,黑暗大军也赶到了这里,并杀害了格雷尔所有的卫队。他们又一次被黑暗大军团团围住,暮雪又一次挡在了格雷尔的面前,和从前一样,决定保护那个女人。如今格雷尔已经和凡人没有区别,她也会受伤,也会生老病死,虽然暮雪并不知道从前的事情。黑压压的军队朝着暮雪冲了过来,法师又一次现身,所有的人在镇上展开了战斗。

在一片混乱之中,暮雪和格雷尔逃离了战场,他们回到了自己的城市,那一天,法师伤亡惨重。格雷尔开始伤心,甚至觉得是自己导致这场战争的。但暮雪却对格雷尔说,这不是你的错,你只是在做自己应该做的事情。虽然暮雪忘记了从前的事情,但他还是深深地爱上了这个女人。

（二十）婚礼

　　暮雪回到了自己的国家，继续做着孤独的国王，他时常迷茫，不知道自己从哪里来，发生过什么。格雷尔隔一段时间就会来看望暮雪，渐渐地，格雷尔成为暮雪生活唯一的动力。在那一天，暮雪还是忍不住问格雷尔，能不能嫁给自己，格雷尔答应了暮雪的请求。在那个美好的夜晚，两人坐在黑玫瑰前，看着平静的世界，月光如同冰雪一般。格雷尔把过去的事情一五一十地告诉了暮雪。

　　对于两个国家来说，这都是一件重大的事情。于是，在那一夜之后，两个国家都开始准备起来，暮雪和格雷尔暂时离开城市，在附近游山玩水。当他们回来的时候，也是他们的成婚之日。终于，他们迎来了婚礼，在那个午后，所有的人都聚集在宴会厅里，大厅里面张灯结彩，无数根蜡烛照亮了整个房间。所有的人在大厅里跳舞歌唱，一直到傍晚的时候，两位国王身着华丽的礼服，来到了宴会厅。

　　婚礼终于正式开始，神父在所有流程之后，宣布两人正式结为夫妻，整个婚礼都非常的顺利。但就在这欢乐的时刻，一个噩耗却从远方传来，敌人的大军又一次临近城市。两个人立刻换下了礼

(二十) 婚礼

服,召集所有的大臣商量对策。所有的人都坐在大殿里,他们面面相觑。所有的人都恳请两位国王立刻离开这里,他们才刚刚结婚,没有必要和这座城市共存亡。

"我们是国王,为这座城市付出一切,是我们的使命。"格雷尔那么说着,暮雪看着爱人坚决的样子,低下了头,似乎是在沉思。

"如果你真的决定这样,我会和你并肩作战。"暮雪从宝座上站起来,立刻下令召集所有的军队,和敌人决一死战。

"不行,我请你离开,万一我失败了,还有你。"虽然,她知道暮雪的决定没有错,但格雷尔还是那么说着,但这却让暮雪无法接受。

"你是国王,我也是国王。我要和我的国家在一起。"婚礼就那么结束了,那短暂的快乐也就此结束了。暮雪立刻起身回到了自己的国家,召集了所有的士兵,要求他们去支援格雷尔,所有的士兵誓死保护人类最后的城市。

当暮雪率领着军队来到格雷尔那里的时候,格雷尔已经疏散了全城的平民,并做好了万全的准备。所有的弓箭手都站在城墙上,步兵全部在城前列阵,暮雪立刻率领自己的骑兵挡在了城市的最前面。不知不觉天空开始下起大雨,格雷尔骑着自己的坐骑,来到了暮雪的身边。这一次,他们要并肩作战。当敌人来到这座最后的城市时,格雷尔立刻下令发起进攻,弓箭手万箭齐发,但敌人人数众多,他们还是朝着城市冲了过来。

暮雪立刻下令出动骑士,终于,人类的骑士和黑骑士展开了最后的对决。这一次人类的骑士为数众多,他们很快就挡住了敌人的第一次进攻。但他们并没有就此放弃,格雷尔在这个时候,下令出动自己的步兵发起进攻，这一次，他们终于联合两人的力量，将敌人的势力彻底粉碎。剩下的敌军撤回了黑暗世界，短时间内他们再也无法发起任何的进攻。维拉每天坐在宝座上，日夜哭泣，他没有想到自己会变成现在的样子。

在黑暗的大殿里，维拉的泪水落在了地上，瞬间升腾起一阵黑色的烟雾，那烟雾不断地扩散，形成了笼罩天空的毒气。那毒气渐渐扩散，朝着北方世界蔓延，尼克预料到即将发生恐怖的事情，他建议所有的法师离开这里。但有些人却不愿意离开，他们不相信那些毒气会改变世界。法师的世界终于分裂了，留在那里的法师为冰雪城堡施展了守护魔咒，却无法阻挡那强大的毒气。

那些法师受到了毒气的污染，变成了黑暗法师，那些随着尼克离开的法师，只能投靠强大的人类世界，并把这个消息传达给了人类。友好的人类接纳了自己的盟友，但在一片混乱之中，能力强大的水晶球还是遗落在世界上，没有人知道水晶球的下落。后来他们才知道，水晶球落入了维拉的手中，他利用水晶球，监视人类的一举一动。黑暗法师拥有了强大的力量，那是黑暗的力量，足以毁灭整个世界。

但此时，人类对此并不知情，在这段时间里，人类又建起了几座城市。随着毒气的蔓延，世界上很多美好的地方变成了不毛之地。人类的世界又一次面临黑暗的威胁，人类曾经试着发动进攻，想要结束这一切，但人类无法承受毒气，每次进攻都以失败告终。人类的世界又一次沉沦在黑暗之中。总有一天，世界都将被黑暗笼罩，那是他们最后的时光。暮雪搬到了格雷尔那里，如果不出意外，那

(二十)婚礼

将是他们最后的时光。暮雪站在花园里,看着远方黑色的乌云,那些毒气越来越近,每天都能看出毒气的变化,就在这个时候,尼克找到了暮雪。

"不要失望,希望还是存在的,我知道一条路,可以通往黑暗世界。"尼克还没有说,暮雪就知道他说的是哪一条路,那是一条危险的道路,就是他们当年前往那里的路。那里是一条深深的峡谷,不会受到毒气的侵袭。

"我现在是国王,不能拿别人的性命去作赌注。"无论如何,那都是极其危险的路,而且只有一次机会。而现在,那条路由北方的黑暗精灵看守,想要穿过那里简直是不可能的。

"不用你下达命令,我会带领法师前往那里。"暮雪无法对法师下令,只能同意了尼克的建议。在临走的时候,尼克告诉暮雪:"敌人还是会发起进攻,你们要做好防御的准备。"

那一夜,暮雪和尼克道别,并下令全城进入警戒状态。他站在城墙上,看着自己的朋友朝着远方走去,消失在了黑暗之中。他突然有了一种奇怪的预感,他们可能再也无法相见,但尼克还是带着所有的法师离开了。暮雪和格雷尔的心里尽是悲伤,他们不再欢声笑语。在那个晚上,他们喝了很多的酒,然后,他们回到自己的房间,说了一些悲伤的话,算是遗言吧。

他们在黑暗之中做爱,仿佛这是他们最后的希望,也是他们最后的机会,他们在昏昏沉沉之中入睡。当第二天来临的时候,暮雪还是和往常一样,来到平台检查这座城市的情况,毒气又一次朝着南方蔓延。当毒气飘至城市的时候,就是人类的末日,但他们还是得做好万全的准备。

就在不久之后的某一天,格雷尔突然告诉暮雪,自己已经怀孕了。两个人紧紧地拥抱在一起,但对于暮雪来说,那却是个悲喜交加的消息。他恳请格雷尔离开这里,去更遥远的地方。虽然格雷尔执意要留在暮雪的身边,但这一次,暮雪却态度坚决。在那天清晨,格雷尔还是离开了城市。暮雪站在城墙上看着格雷尔离开的身影,格雷尔回头看去,两人的视线在空中交汇。

（二十一）只身奋战

　　暮雪站在城墙上,看着格雷尔离开的身影,和他们第一次相见的时候一样,他们就那样分别。她消失在远端的地平线,谁也不知道她去了哪里,还会不会回来。暮雪只是站在那里,只有他自己知道,他并不希望格雷尔离开,那些话只是最后的理智在作祟。当格雷尔消失在地平线的时候,他还是转过身,默默地擦掉眼角的泪水。但随着时间的流逝,最后的大战即将开始,暮雪把所有的大臣召集到了会议室。

　　"最后的战争即将开始,你们有什么建议?"暮雪坐在众人的面前,看着所有的人面面相觑的样子,但从他们的脸上,暮雪看出,他们对此并不抱有什么希望。

　　"我的国王,请听我说。"就在此时,图拉肯突然走了进来。他跪在了暮雪的面前,侍卫冲了进来,想要把这位不速之客给赶出去。

　　"没关系,请他进来。"暮雪让侍卫退下,并让图拉肯坐下。在那之后,暮雪问图拉肯有什么好的建议,图拉肯却面色凝重,谁也不知道他要说些什么。

骑誓

"这场战争已经无法避免,必须做好失败的准备。"暮雪从来都没有做过失败的准备,他每一场战斗都拼尽全力,在他的眼里,失败便是死亡。

"那么,我们该怎么准备?"暮雪谦逊地问那个男人,他毕竟是自己的好朋友,但接下去图拉肯的话,却让他不寒而栗。

"先立好遗嘱,让所有士兵坚守岗位,撤离所有的平民。"暮雪陷入了沉思,他从来没有想过这样的问题,要是他做决定,一定会让所有的人拿起武器,和敌人殊死一搏。

但这一次,情况发生了改变,那些毒气不是敌人的大军,也许这才是最好的方法。于是,暮雪立刻下令撤离所有的平民,让所有的人做好战斗准备。在会议结束之后,暮雪独自坐在会议室里,看着那空荡荡的房间。那一天,他写下了自己人生第一份遗嘱:如果这次战争当中我遭遇了什么不测,请法兰克继承我的王位,并恢复图拉肯的男爵身份。这是我最后的遗言,希望所有人不要忘记我。

暮雪走出房间的时候,已经是傍晚时分,他站在城门上看着军队护送平民离开的身影。根据暮雪最后的命令,那些人将前往最南方的海滩,在那里建立自己的国家。暮雪将留在这里,誓死阻止敌人的进攻。与此同时,法师的军队已经来到了那条峡谷,他们小心翼翼地前行,但还是被黑暗法师发现。他们展开了魔法乱斗,但法师们远远不是黑暗法师的对手,况且人数远远敌不过黑暗法师的数量。

尼克在千钧一发之际逃离了战场,现在只剩下了自己一个人,他必须一个人前往黑暗之城,完成自己的使命。黑暗法师没有人发

（二十一）只身奋战

现尼克的离开,他们朝着人类的世界发起了最后的进攻。此时,毒气已经蔓延到人类世界的边缘,暮雪不得不紧急疏散全国所有的人。所有的人类都聚集在了海滩边,虽然那里远离毒气的侵扰,但他们也能够看见那黑压压的乌云。

在那之后,暮雪做出了最后的决定,让图拉肯也离开城市,前往海滩,带领那些剩下的人重建人类的城市。在分别之际,暮雪把自己的佩剑交给了图拉肯,无论结局如何,图拉肯都将是人类的最高领袖。暮雪已经做好了最坏的打算,虽然他不知道尼克是否能够阻止这场战争,但是,他的心里依旧存有希望。那是漫长的等待,暮雪几乎彻夜不眠,他一有时间就会站在城墙上,看着那漫天的星光被乌云吞没。

黑暗法师的大军终于抵达了人类的城市,战争的号角终于吹响。暮雪穿上了盔甲,和所有人来到了城墙上。黑暗法师释放出了强大的黑暗魔法,无数的火球朝着城市飞来,暮雪立刻下令,让弓箭手发起进攻。但很多的人类还是死在了战场之上,城市陷入了一片火光之中,暮雪立刻下令,让骑士出城发起进攻。但人类抵挡不住黑暗法师的进攻,暮雪看着身边的朋友一个个地倒在了战场之上。

就在这个时候,林枫率领着精灵来到了战场,法兰克也带着人类的步兵来到了战场,让暮雪没有想到的是,格雷尔也赶到了这里。战斗进入了最艰苦的时期,暮雪一个人挡在龙骑士面前,和龙骑士展开了生死对决,但还是倒在了龙骑士的剑下。格雷尔冲到暮雪的身边,暮雪已经身受重伤,身上满是伤痕。格雷尔呼喊着暮雪的名字,但他已经没有了任何反应。格雷尔拿出了那瓶精灵的泪水,洒在暮雪的伤口之上,看着伤口慢慢地愈合,然后将昏迷的暮雪运回了城市里。

面对强大的龙骑士,格雷尔并没有畏惧,她举起长剑,朝着龙骑士走去,她含着泪朝着身后看去,看了心爱的人最后一眼。如今,他已经安全,剩下的就只有完成自己的宿命。龙骑士的翅膀卷起风暴,格雷尔举起剑朝着龙骑士刺去。随着一道耀眼的金色火焰,龙骑士和格雷尔融为一体,最后一同消失。

就在最后的关头,所有的人都和黑暗法师展开了最后的战斗,但是,他们还是没有办法和强大的黑暗法师抗衡。在战争的最后时刻,尼克赶到了黑暗城堡,他站在了维拉的面前,维拉笑着拿起了剑,朝着尼克冲了过去。随着一道蓝色的光线,维拉化作了漫天的尘埃。那毒气终于消散,黑暗法师也回到了原来的样子,战争就此结束。

尾　声

　　暮雪将国家交给了法兰克统治,图拉肯也恢复了自己的爵位,世界终于暂时回到了原来的和平,人类终于统治了整个世界。法师回到了北方的世界,过着平静的生活。精灵放弃了自己的能力,变成了普通的人类。暮雪在城市的北边竖起一块块墓碑,为了纪念为战争牺牲自己的人们,当然,最重要的还是为了纪念格雷尔。在一切安排妥当之后,暮雪一个人离开了人类的世界,没有人知道他去了哪里。